CRESCER É PERIGOSO

Crescer é perigoso

Gerente editorial Paulo Nascimento Verano
Editora assistente Carla Bitelli
Coordenadora de revisão Ivany Picasso Batista
Revisora Cátia de Almeida, Cláudia Cantarin

ARTE

Projeto gráfico Elisa von Randow
Coordenadora de arte Soraia Scarpa
Assistente de arte Thatiana Kalaes
Editoração eletrônica Thatiana Kalaes

Crédito das imagens p. 130 e 131: acervo pessoal; demais fotos: Renato Parada

CIP-BRASIL. CATALOGAÇÃO NA FONTE
SINDICATO NACIONAL DOS EDITORES DE LIVROS, RJ

K98c

Kupstas, Marcia, 1957-
Crescer é perigoso / Marcia Kupstas ; ilustrações de Gabriel Iumazark. – 1. ed. – São Paulo : Ática, 2014.
136p. : il. – (Marcia Kupstas)

Inclui apêndice
ISBN 978-85-08-16912-2

1. Ficção infantojuvenil brasileira. I. Iumazark, Gabriel. II. Título. III. Série.

14-15019. CDD: 028.5
CDU: 087.5

ISBN 978 85 08 16912-2 (aluno)
ISBN 978 85 08 16914-6 (professor)
Código da obra CL 738778
CAE: 529301 AL
CAE: 529302 PR

2023
1ª edição
9ª impressão
Impressão e acabamento: Gráfica Elyon

Avenida das Nações Unidas, 7221 — CEP 05425-902 — São Paulo, SP
Atendimento ao cliente: 4003-3061 — atendimento@atica.com.br
www.atica.com.br

MARCIA KUPSTAS

Crescer é perigoso

Ilustrações de Gabriel Iumazark

editora ática

HÁ UM CONTO chamado "Entre virgem e balança", que mostrava um jovem ansioso na expectativa de encontrar a garota dos sonhos numa festa. Depois de publicado, achei que era um bom ponto de partida para uma novela. Ao desenvolver o texto, tornei o protagonista mais jovem e, para criar intimidade com o leitor, optei pelo diário. Surgia *Crescer é perigoso*.

Recebi este livro como um presente maravilhoso em minha vida. Ele conseguiu bom destaque na mídia e rodou duas impressões em menos de três meses! Recebeu críticas positivas, como uma da Tatiana Belinky, e, em 1988, ganhou o Prêmio Revelação do Concurso Mercedes-Benz de Literatura Juvenil.

Em 2016, o livro completa 30 anos. O mundo mudou bastante nesse meio-tempo, mas confio na permanência da obra. Meu Gustavo nasceu nos anos 1980, porém acredito na empatia que conquistará entre novos leitores, que vão se identificar com suas ansiedades e temores da adolescência. Afinal, crescer é perigoso para o jovem de qualquer época, e o amadurecimento é difícil, intenso, mas sempre muito, muito especial.

Um abraço,

Marcia Kupstas

SUMÁRIO

Para Clarice Missae Murakami Kelbert
e Ubaldo de Oliveira (*in memoriam*).

20 DE MAIO

EU NÃO SOU UM CRETINO. Não sou, não sou. E isto aqui não vai ser um diário, poxa vida. Eu só não aguento mais ficar quieto. Não aguento mais ficar achando que sou o único esquisito, maluco e sozinho da face da Terra.

Mas estou fazendo uma coisa idiota dessas. Como é que a gente começa? "Querido diário"? Igualzinho àquelas meninas chatas, a Cíntia ou a Alice, que ficam escondendo o caderno, mas no fundo estão loucas para os garotos acharem uma página "esquecida". Aí o Adal ou o Beto olham e caem na risada, todo mundo fica sabendo: "A Cleide tá a fim do Gilberto" ou "Você sabia que a Débora é apaixonada pelo Teacher?".

Agora, se estou escrevendo, quero colocar o que eu acho, o que eu sou. Escrever tudo mesmo.

Na aula de literatura, a professora deu uns poemas do Drummond pra gente estudar. Tem umas coisas dele que eu achei bobagem, a tal da pedra no meio do caminho, por exemplo, que é que tem a ver? Mas uma poesia dele achei legal. Aquela em que ele falava que, quando nasceu, apareceu um anjo e mandou ele ser *gauche* na vida. *Gauche*. O que é ser *gauche*? Me dá a ideia de ser torto, feio, esquisito. Igual a cara dele, no fim do livro. Será que o Drummond, quando tinha 15 anos que nem eu, era tão sozinho e tão feio? Assim, um cara de que garota nenhuma gosta. Que só dá azar. Que não consegue falar com as meninas sem ficar vermelho, ou pior (isto é muito pior): ficar falando sem parar e, daqui a pouco, acabar sozinho.

Eu tenho uma cara torta. Sou espinhento. Uso óculos. Sou baixinho: 1,56 m. Um diacho de cabelo liso, não tem corte nem moda que mude a cara da gente. Mas o pior de tudo é ser neto de japonês, ser sansei. Não sei, mas acho que não tem menina no mundo que goste de japonês.

E por que isso? Por quê? Tem cara muito mais feio que eu e vive rodeado de meninas. O Pepenella, por exemplo. É da minha altura e mais espinhento ainda. Mas as meninas vivem procurando por ele, ele é engraçado, é simpático. Não tem fim de semana que o Pepenella não sai com um bando de garotas. E eu sobrando. Fico vendo tevê ou vou com a família pro sítio.

Merda.

É a primeira vez que eu escrevo um palavrão, assim *escrevendo* mesmo. E se minha mãe pegar este caderno? Não vai pegar, Gustavo, deixa de ser bobo. Eu fico falando uma coisa e depois mudo de ideia. Agora escrevi e pronto: merda. Não morri nem levei tapa na boca. E, se tiver vontade, escrevo mais e mais palavrões, porque estou cheio. Todo mundo fala que eu sou bom aluno, que eu sou inteligente, 15 anos e no segundo colegial, que passo fácil em qualquer vestibular do mundo. Eu só não sei se quero passar num vestibular, não sei se quero fazer Engenharia; meu pai fala que é legal, é importante. Computação, um curso do futuro. Eu morro de medo do futuro — merda.

Esse medo de fazer uma coisa, depois voltar atrás e ir pra frente, essa esquisitice minha. É uma bobagem, e até parece que eu não penso bobagem. Eu penso. E como penso. Acho que não tem ninguém que pense tanta bobagem quanto eu. Até na aula, a aula da Silmara, de desenho. Ela é bonita e é solteira, e eu fico imaginando tanta bobagem que sem querer acabo ficando vermelho quando ela me olha na cara e me pega no momento em que estou pensando besteira com ela.

E a aula de educação física das meninas? Quando elas passam do vestiário para a quadra, aquele corredorzinho só, e a gente fica amontoado na porta, gritando e assobiando... E elas, passando reto, uma ou outra ainda vira pra gente: "Deixa de ser grosso", e aí, sim, a gente berra e grita mais ainda. Eu não sou de gritar, não. Aproveito pra ficar olhando as pernas das meninas, as pernas da Débora, da Márcia. Da Cláudia não, que a Cláudia sempre faz ginástica de calça, mesmo no verão.

Será que as meninas também pensam nessas coisas? Em sexo. Em sacanagem. No banheiro, o Tadeu falou que a Clea não é virgem, que ela já saiu com um monte de caras, mas só sai com caras de faculdade, maior de idade. Até o Carlão ela esnobou, e olha que o pai do Carlão sempre empresta o carro pra ele. Será mesmo que a Clea...? Duvido. Ela tem a minha idade. Não ia ter coragem...

O meu irmão veio dormir e vou parar por aí. Aquele pivete idiota, não quero nunca que ele veja este caderno.

25 DE MAIO

ONTEM EU PASSEI um apuro danado na aula de história. Quem dá aula é o Gregório e ele é durão. Tinha marcado um questionário, acabei não fazendo. Levei um baita de um zero, e depois ele ainda ficava me provocando:

— Fala, Gustavo. Por que você não fez o questionário? Qual é a dificuldade em história? — E falava alto, todo mundo ouvindo.

Fui ficando assim vermelho, deu uma gagueira, todo mundo assobiava e fazia barulho, e sei que meu olho foi ficando irritado e, olha, graças a Deus bateu o sinal, porque eu ia estourar.

Mas depois acabou sendo legal. Gregório me chamou, eu e mais quatro, e abriu o jogo:

— Vou dar uma oportunidade para vocês. Marquei um trabalho em equipe, valendo nota. Vou colocar vocês em grupos mais fortes. Aproveitem esta chance, hein?

E eu caí na equipe da Claudinha. Valeu, puxa vida, se valeu a pena, a Claudinha é morena, tem cabelo comprido. Tem um rosto lindo, quando ela dá risada faz uma covinha na bochecha. E nunca me esnobou. Nunca mesmo. E nem é japonesa. É brasileira, é meio italiana, sei lá. É linda, linda.

29 DE MAIO

ACHO QUE EU PRECISO me apaixonar de novo. E desta vez pra dar certo. Já encheu ser *gauche* na vida. Já encheu ficar passando vergonha.

E preciso contar pra você — você quem? "Querido Diário"? Deixa pra lá. De qualquer jeito eu vou contar e, depois, é desabafo. Pra ver se aprendo a não fazer burrada de novo.

Foi no ano passado, no primeiro ano do ensino médio. A Anita era aluna nova, agora ela saiu da escola, e ela foi das primeiras meninas a dar beijinho em colega. E nem era beijinho desses discretos. Ela era toda exagerada, gritava: "fulaaaaaaano", se pendurava no pescoço. Cinema, praia, lanchonete: onde ela encontrava com colega fazia isso.

Eu já achava legal esse jeitão dela, mas ficava difícil conseguir chegar perto porque não era assim tão amigão da Anita. Mas teve uma festa, era aniversário da Cíntia, que também é japonesa, só que a família dela é mais solta que a minha. O irmão mais velho da Cíntia até casou com *gaijin*, quer dizer, é tudo mais misturado, não tem só japonês, só *nihonjin*. A Cíntia é grande amiga da Fernanda, e a Fernanda era grande amiga da Anita. E eu lá, na festa, quando vejo a Anita chegando. Sei lá o que deu nela, gritou Gustaaaaaaavo e se grudou no meu pescoço. A Anita nunca tinha feito isso comigo, eu fiquei feito bobo, na minha família todo mundo é sério, a gente não é de dar beijo uns nos outros, nem em prima — a gente só aperta a mão. E de repente aquela italiana maluca se pendura em meu pescoço, encosta a boca de batom na minha cara, e eu, sabe quando passa uma corrente elétrica?, tão forte, tão forte que acabei pulando pra trás, nem deu pra sentir direito, aproveitar o beijo da Anita, aquele negócio assim de eu ficar morrendo de medo de que ela pensasse que eu não gostei.

E a festa foi um negócio incrível. A Anita é grandona, de salto ela ficava muito mais alta que eu, mas aceitou dançar comigo, sabe, até aceitou. Eu mal encostava no corpo dela, a respiração dela ficava quente na minha nuca... O cheiro da Anita, puxa, nunca vou esquecer isso, mas vinha um cheiro que não era só perfume, não era, não. Era assim uma coisa de hálito, da pele. Me falaram que mulher tem cheiro, mas eu pensava que era gozação, nunca pensei que a gente pudesse sentir o cheiro diferente de mulher. De mulher. Parecia que todo mundo tinha desaparecido, só existia a Anita, a única mulher na festa.

Mas que raiva. Raiva mesmo. Primeiro porque no dia seguinte eu já fiz uma besteira, que foi me meter na conversa do Adal e do Beto. Os dois estavam falando das meninas da classe, aqueles sempre estão conversando de mulher, e vivem falando de tudo quanto é mulher, parece mesmo que eles já saíram com todo mundo.

— Pra mim, a mais gatinha é a Cláudia.

— Que nada, é morena demais. Eu gosto de loira, assim a Vera, sabe?

— A Vera? Tão aguada.

E eu me meti na conversa:

— A Anita, a Anita é a menina mais bonita.

Um olhou pro outro, os dois caíram na risada.

— A Anita? Aquela gorda? — E riram, riram pra valer.

Olha, não que eu ia ficar impressionado com dois idiotas como aqueles. Não ia, não. Mas eu sei que na classe bem que achei que a Anita era meio cheia. Mas também não era isso, poxa. Eu me lembrava dela, do cheiro dela, de dançar com ela.

A tijolada mesmo veio depois, um tempo depois. Agora não dá pra contar que o Pedro veio dormir. Tchau.

30 DE MAIO

É DOMINGO E A GENTE ESTÁ NO SÍTIO. Tá chovendo pra burro, e meu pai foi com Pedro até a cidade comprar carne pro churrasco. Minha mãe e minha vó aproveitaram uma estiada e foram ver a horta. A casa é só minha. Tinha uma cerveja aberta e eu peguei um copo. Foi bom ter trazido o caderno. Fiquei pensando muito sobre a Anita. Deixa contar o resto.

No ano passado eu sentava perto da Fernanda. Em uma aula vaga, ela e uma outra menina faziam fofoca. Eu ouvia um pouco, um pouco estudava português. Aí a Anita chegou perto delas, e aí, sim, fiquei todo duro, louco pra entrar no papo. Anita fez um "Oi" para mim, sentou com as outras duas. Falaram lá umas coisas, depois o assunto foi a festa de aniversário da Cíntia.

— Que chatice! Festa que só dava japoronga.

Eu ouvi a Fernanda dizer isso, a Anita deu risada. Pior, foi muito pior, porque ela fez um "Xiu" pras amigas, deu uma olhadinha pra trás, pra mim. Mas eu ouvi. Ouvi e fingi que não estava ouvindo, enterrei o nariz no caderno, na folha em branco, e fingi que estava lendo, assim um tum-tum nas minhas orelhas, uma raiva. Quem aquela italianinha gorda pensava que era, hein? Ela pensava que era assim uma graaaande coisa?

Japonês, merda, por que sempre continuam falando que eu sou japonês? Minha avó é japonesa, e só a minha avó paterna, que de mãe nem sei direito. Eu não falo japonês, só sei umas palavras, aquelas que todo mundo que é descendente sabe, pra xingar, pra falar da família: *Obaasan*, que é vovozinha; *Oniisan*, que sou eu, filho mais velho; *bôya*, que é como vovó chama o Pedro; *Okaasan*, que é mamãe; *Otoosan*, meu pai. Ou xingamento: *joorô-no-ko*, que é FDP. E umas comidas, mas a gente só faz de vez em quando, come mesmo é feijão, é dobradinha. Meus pais nunca nem puseram o pé no Japão, não entendo então por que todo mundo fica me chamando de japonês.

Mesmo na classe, poxa vida! O Samir é descendente de libanês, nem turco é, e só falam turco de vez em quando, de brincadeira; a Vera tem um sobrenome de 15 letras, é Zwenjanzertczic, uma porcaria assim, e não ficam chamando ela de alemã, de polaca. Não tá tão na cara deles ser alemão ou ser turco. Mas pra mim, não. Tá na cara, eu vou ser japonês a vida inteira: *sayonara*. Risadinha amarela. Olho puxado. Samurai. Japoronga. Poxa, não sou nada disso! Eu só sei falar português. Eu moro no Brasil desde que nasci, até o meu nome é nome de brasileiro: Gustavo. Estudo num colégio em que todo mundo fala português, mas quando querem ser chatos comigo é muito fácil: pronto, virei japoronga.

Olha, japoronga é a mãe delas, tá? Eu quero que elas vão à merda, tá?

Agora é de noite, a gente já voltou pra São Paulo. Nossa, eu fiquei com raiva quando escrevi antes, no sítio. É que acabei tomando mais um copo de cerveja. Meu pai ficou bravo comigo, achou que eu tava bêbado, me fez até dormir depois do almoço. Vi que ele falou um monte de coisas em japonês com minha avó. Eles sempre falam em japonês quando é pra falar mal de mim.

Briguei com o Pedro no carro. Ele queria deixar a janela aberta e eu pedi pra fechar. Ele ficou fazendo hora.

"Fecha a janela, poxa!" Bem, não foi bem "poxa" que eu falei. Meu pai virou pra trás, "GUSTAVO!", ele gritou. Eu abaixei a cabeça, o Pedro na maior alegria, meti um beliscão disfarçado nele. Ele berrou, se encostou todo na vovó, aí o pai brecou o carro, "*Urussai! Urussai!* Chega de *kenká!*". Quando ele tá bravo sempre xinga e manda a gente calar a boca em japonês.

Minha *Obaasan* agradando o Pedro, e eu latejando uma raiva, sabe, uma baita raiva, mas não dava pra responder pro pai, ele ainda falou mais umas coisas em japonês com vovó, e ela me olhou daquele jeito de bronca pra mim. Abaixei a cara, fiquei quieto-quieto o resto da viagem. Sei que foi um inferno.

Meu pai já foi dormir, minha avó também. Pedro e minha mãe estão terminando uma partida de videogame, eu vim aqui pro quarto. Agora escrevo palavrão e é isso aí. Que dia!

3 DE JUNHO

A CLÁUDIA ESTÁ MUITO LEGAL COMIGO. É verdade que ela é legal com todo mundo, mas o trabalho em equipe está muito melhor do que eu pensava.

Ontem fui à casa dela, que é um verdadeiro parque. Fiquei aliviado quando a Claudinha sugeriu de a gente se encontrar lá, um baita medo que quisessem vir aqui em casa; nem lugar tem, um sobradinho dos mais fuleiros.

O pessoal dela deve ser abonado mesmo. Tinha até interfone na porta. Aquele zumbidinho, uma voz aguda: "Quem é?". Eu já tinha ido para o outro portão, corri de volta até o interfone: "É um amigo... um amigo da Cláudia, eu vim...". E a voz de novo: "Como é o seu nome?". "Gustavo." O zumbido parou, mas ainda fiquei falando um tempão com o aparelhinho, explicando: "A gente vai fazer um trabalho em equipe, eu acho que cheguei muito cedo, é que hoje...", quando vi a Claudinha no outro portão, me olhando. Fiz papel de bobo, ainda por cima!

— Entra, Gustavo. O pessoal daqui a pouco aparece.

E ela estava de short. Meu Deus. De short. A Cláudia faz ginástica sempre de calça e de repente me aparece de short, assim saindo do céu. Me deu um beijinho no rosto, não era daquele jeito apaixonado da Anita, mas eu senti a mesma coisa, o mesmo fio elétrico passando pelo corpo, e de novo (sua besta!) acabei puxando o rosto. Só que consertei logo, segurei a mão dela, então acho que ela não pensou que eu não gostei.

— Vem, tenho uma sala de estudos no quintal.

A gente foi subindo pelo quintal, lá do fundo apareceu um baita dum cachorro, acho que *dobermann*, latindo que nem o diabo. "Pronto!", eu pensei. "Tô morto." Mas o bicho foi mesmo é me lamber todo. E a Cláudia tentando segurar o cachorro. "Sai, Nick. Nick, vem pra cá!", enquanto o bicho me babava inteiro.

Francamente, não sei o que eu tenho com cachorro. Dizem que cachorro treinado aprende a não gostar de negro, a atacar negro. Juro que eu acho que ensinam pra cachorro que ele deve adorar japonês. Tudo quanto é cachorro vai demais com a minha cara.

Então era a Cláudia puxando a fera pela coleira, eu protegendo o saco e a cara, e o cachorro entusiasmado em me lamber. A Cláudia gritava "Para, Nick", mas não tinha jeito de segurar o bicho. Aí, um segundo, eu e ela nos olhamos, bem nos olhos, e, quando eu vi, a Cláudia caiu na gargalhada. Sei que parei de me proteger e comecei a rir, rir demais, que aquilo devia estar engraçado, engraçado pra diabo. Até meus óculos o cachorro embaçou com lambida.

Depois, quando apareceram o Tadeu, o Adal e a Márcia, a Claudinha contou a história do cachorro, no maior bom humor. Sem querer, ainda soltei esta: "Pior se ele hoje só tirou o gosto. Da próxima vez, me come". Sei lá, uma piadinha besta, mas agradou. O pessoal riu uns cinco minutos. Foi a primeira vez que davam risada de mim, melhor, de uma coisa que eu tinha falado. A tarde correu legal, umas coisas que eu falei sobre o trabalho o pessoal acabou aprovando. Juro que não fiquei nem tão nervoso, como eu sempre fico. Teve um instante que até esqueci o short da Cláudia.

10 DE JUNHO

É FERIADO E MEU PAI CONVIDOU tio Kenji e tia Rosa para virem aqui no sítio. Eles moram em Belo Horizonte e aproveitaram os feriados pra passear. Veio também o Carlos, meu primo. Carlos tem 21 anos, faz faculdade de Arquitetura e é louco por cinema, arte. Sempre achei que ele era meio maluco, pelo menos era isso que meu pai e minha tia falavam. Mas gostei muito dele. Hoje ele foi superlegal comigo.

— Você já assistiu a *Blade runner*?

Não tinha visto e ele contou do filme, que era um barato, disse que era assim uma ficção científica com cinema *noir* (isso eu não conhecia, mas balançava a cabeça como se entendesse tudinho) e falou-falou.

A gente tomava sol na beira do rio, o Pedro e tio Kenji nadando, o pai tentava pescar lambari numa quebrada mais em cima. Tia Rosa e mamãe adiantavam o almoço. Olhei bem pra ele. Não era muito mais alto que eu, mas era bem mais troncudo. E muito mais tranquilo, sei lá. Tudo me deixava com o coração batendo, por qualquer coisa eu ficava suando e aí achava que estava fedendo, falava cuspindo sem querer nos outros. O Carlos usava óculos escuros e queimava a barriga, nem aí com o mundo. Acho que mineiro deve ser bem mais sossegado que a gente.

— Como é, Gus, você já tem namorada?

— Eu? — Que susto. — Não, não tenho.

— Precisa arrumar uma namoradinha, cara. Você já está com quantos anos? Dezesseis?

— Vou fazer daqui a três meses.

— Não vai ficar aí um cê-dê-efe. Assim igual o Valtinho.

A gente riu. O Valtinho era o modelo da família. Com 16 anos, tinha entrado em quatro faculdades. O nome dele apareceu em um monte de jornal. Com 25, era médico de futuro. Mas era chato-chato-chato. Não falava com ninguém; quando tinha festa ou reunião, ele se trancava no quarto. *Obaasan* é que era genial: quando falavam do Valtinho, ela sempre lembrava que ele fez xixi na cama até os 14 anos.

— E você? Tem namorada?

Ele tirou os óculos, deu uma espreguiçada.

— Uma gatinha incrível. Mas eles não sabem. — Fez um gesto com a cabeça apontando o tio Kenji. — E vão ter uma baita duma surpresa quando eu apresentar.

No sotaque mineiro dele, a frase ficava até mais engraçada. Eu sentei, todo interessado. Carlos também sentou.

— Mas vê lá, Gustavo. Se você contar pro tio Bernardo, ele vai direto contar pro meu pai. Bico calado?

Jurei que sim. Mistérios familiares, nunca pensei... Comecei até a suar mais, e também vinha assim uma espécie de orgulho: o Carlos me tomando por confidente.

— A Karen. Ela é brasileira. A gente tá pensando em morar junto no fim do ano.

— Morar junto?

— É, viver junto — falou assim, sem mais nem menos.

Foi contando dela, e eu comecei a sentir o nariz ficando suado, nunca pensei em nada parecido com o que o Carlos dizia. A ideia de ele morar com uma moça, viver com ela, fazer amor com ela — e não ser casado, além de ela ser brasileira — era uma espécie de pecado que em momento algum me passou pela cabeça. Só como aquelas grandes sacanagens noturnas, e mesmo assim numa fantasia. Como ele, meu primo, me falava uma coisa dessas e nem ficava sem jeito?

— Mas se você gosta, Carlos, por que você não casa com ela? Você não confia...?

— Confia? — E ele caiu na risada. — Gustavo, você está pensando que eu não caso porque não confio na Karen? Ei, você está pensando o quê, que a Karen é assim uma vagabunda, é?

Quase morri de tão vermelho, mas que merda, foi isso mesmo que eu pensei. E o Carlos achou graça do meu jeito, ainda bem que não se ofendeu.

— Você é muito criança, Gus. Ainda deve ficar nessa de dividir as meninas entre as que dão e as que não dão. — E riu. — Depois você vê que não é nada disso. — Aí ele se espreguiçou, ficou de pé, a fim de entrar no rio. — O que eu não acho legal é ficar dando satisfação pra titio, titia, parentada... — Já ia mergulhar. — No fim do ano, Gus. Se prepara pra surpresa. — E mergulhou.

12 DE JUNHO

OS OUTROS DIAS que a gente passou lá no sítio foram um sufoco. Primeiro, eu ficava atrás do Carlos, vendo se ele contava mais sobre a namorada, forçando confidência, falando em voz baixa, querendo perguntar detalhes: como ela era, o que ela fazia. Era loira? Era negra, era morena? Nunca teve *gaijin* na nossa família. Depois eu também ficava muito sem jeito com a tia e o tio: sabia de uma coisa que era segredo pra eles. E ora eu me sentia muito orgulhoso pela confiança do meu primo, ora eu me envergonhava. Olhava a tia Rosa, escamando peixe e falando em japonês com *Obaasan*, toda feliz, e vinha a ideia: "No fim do ano, ela vai ficar chorando, triste. Ela vai ligar pra casa toda infeliz, o Carlos é filho único, e eu sei de tudo mas não posso contar nada, eu prometi". E comecei a fugir dela, do tio Kenji. Quando eles conversavam comigo, não conseguia tirar da cabeça a ideia de que tinha um segredo, um grande segredo.

No fim dos feriados, Carlos começou também a me evitar, pelo menos achei isso. Eu tinha perguntado se a família da Karen ia gostar de ele ser japonês, ele falou que não queria nem saber e cortou o papo, foi andar por ali. Nem me convidou. Fiquei muito mal, será que eu tinha ofendido?

14 DE JUNHO

HOJE FOI A ÚLTIMA REUNIÃO em grupo pra terminar o trabalho de história. Fiquei de pesquisar os hábitos da tribo dos bororos, o tema era sobre tribos indígenas no Brasil. E consegui fazer um resumo legal.

Eu li, a Claudinha falou OK, mas ela estava com a cabeça longe, meio brava. Só estávamos eu, Márcia, Cláudia e o Tadeu. O Adal ainda não tinha chegado, e Claudinha mais zangada ainda. Desabafou:

— Já estou cheia do Adal. Ele fala muito, mas na hora de fazer o trabalho nunca faz nada. Quanto você aposta que não trouxe coisa alguma dos tupinambás?

Dito e feito. Adal chegou só às quatro horas, maior cara de folgado, cabelo até úmido de ter ido à piscina. A Cláudia ficou fula da vida, passou uma dura nele:

— Assim não dá, Adal. Eu falei pro Gregório que topava ajudar na equipe, mas juro que preferia ficar sozinha. É um inferno trabalhar com você. Por que você não faz que nem o Gustavo, poxa? Ele arrumou tudo, até trouxe cópia em papel.

Fiquei contente de ver a briga deles. A Márcia abaixando a cara, mas queria dar risada. O Tadeu é gozador, mas acho que ficou sem graça de depender da Cláudia, acabou ajudando. E a briga dos dois esquentou. Eles gritando, e a gente quieto. No-fundo-no-fundo, estava gostando pra diabo de ver o Adal levar uma dura, ainda mais porque o Adal é bonitão, o tipo do cara que as meninas paqueram. E saber que a Claudinha não tinha caído nessa, de ficar bajulando a vagabundice dele só porque ele é bonito, me deixava assim fascinado por ela. E com uma enorme alegria de ver que ele tinha se ferrado.

— Olha, quer saber de uma coisa, Cláudia? Você é uma chata, tá? Pode tirar o meu nome do trabalho!

E se mandou. Se mandou mesmo, andava depressa pelo jardim, o cachorro da Claudinha correndo e latindo atrás dele, parece até que de propósito, botando ele pra fora.

— Que sacana... — A Claudinha ficou até com dor de cabeça de tão nervosa.

Então nós dividimos as tarefas e eu me ofereci pra tirar cópia da parte dela, porque o trabalho é pra depois de amanhã.

17 DE JUNHO

FOI UM SUCESSO. Maravilha, puxa vida, é a primeira vez que eu faço alguma coisa que dá certo, na escola. E graças à Claudinha.

O Gregório já tinha recolhido os trabalhos, ia dar até dois pontos pela apresentação oral. Como ninguém sabia da nota escrita, era o maior sufoco. A Clau estava nervosa, olha, até mais nervosa do que eu. O Adal, sentado na frente dela, de cabeça abaixada o tempo inteiro. A Márcia é meio tonta, também é meio burra, nem sabia direito o assunto da pesquisa. O Tadeu? Aquele só quer saber de bagunça. Então, quem é que podia falar pela equipe? Isso mesmo: Gustavo Muramatsu. E falei legal, no começo ainda dei umas gaguejadas, depois fiquei de pé, uns e outros dizendo "Fala mais alto" e eu abri o pulmão: "Porque, na nossa pesquisa, a gente percebeu que as tribos que habitavam o litoral do país praticamente desapareceram...". Tudo sem ler, é que tinha copiado o trabalho, e boa memória eu tenho. E foi-foi. Falei e todo mundo ficou quieto, não olhava pra cara de ninguém, mas sentia os olhos da Claudinha brilhando em cima de mim. Até o Adal deu uma levantada de cabeça e ficou ouvindo.

Nota dez. Dez-dez-dez-dez. Oito pela redação da pesquisa e a nota máxima pela apresentação oral: resultado, 10. A Cláudia não se continha. Deu gritinho, falava alto com as meninas. Se pendurou no meu pescoço e deu um beijo na minha bochecha. E eu não tremi. Nem suei. Nem fiquei nervoso. Acho que se eu morresse naquele momento, com a Claudinha me dando um beijo, estava no céu.

23 DE JUNHO

COMEÇARAM AS PROVAS no colégio, e eles dividem a classe nesta época pra evitar cola. Eu sou ímpar, a Cláudia é par. Na classe a gente não se via mais.

Hoje eu vi. A primeira coisa que falei:

— O trabalho de história, hein, Clau? Que coisa! Nunca imaginei o dez. Dá vontade de botar numa moldura. Meu pai até me prometeu um aumento na mesada.

Ela não fez pouco-caso, não é isso. Mas não ficou assim tão contente:

— Legal. Mas amanhã tem química, né? Estou tão mal de química... A Cleide me prometeu uma aula. Vamos ver.

Sabe, de repente entraram a Cleide e a química na conversa e eu ainda me achava um grande herói. Talvez a Cleide seja a heroína se a Clau conseguir um notão em química. Não sei. Acho que também estou mal, estou desesperado com tanta prova e tanta coisa pra estudar. E depois, julho.

Pra dizer a verdade, um medo enorme de julho. Medo mesmo. Estou começando a encontrar mais gente, a ver mais gente. De repente, um mês longe de todo mundo. Em casa, no sítio, tantos dias compriiiidos no sítio. Pedro me enchendo o dia todo, a avó com a conversa chata, pedindo ajuda pra tudo. Eu não queria nada disso. Queria tanto continuar dando certo com todo mundo. Eu só quero ser feliz.

E me veio agora, assim de repente, na cabeça: "... mas eu sou *gauche*".

Talvez o Drummond, na estante, esteja dando risada.

29 DE JUNHO

HOJE FOI A ÚLTIMA PROVA: laboratório de física. Acabou. Na sala, ainda resolvendo o teste 25, ouvia os gritos que vinham lá do pátio: "ACABOOOOOOOU! FÉÉÉÉÉÉÉÉRIAS"...

Um e outro levantou a cabeça da prova e deu risada. Quem tomava conta da nossa prova era o Nando, de educação física, que acabou rindo também: "Vocês pensam que é só com vocês? Eu também estou louco pra pegar férias".

Se falar que não estou nem um pouquinho a fim, vão me chamar de maluco? Mas é verdade. Queria mais que amanhã eu levantasse às seis, tomasse café logo, chegasse na classe e a Claudinha lá, meio destrambelhada de acordar cedo, encostando a cara na carteira, jogando o cabelão pra trás: "Aaaai, que sono...", e sempre a Bete, a Márcia ou a Clea com um "Que é isso, Clau. Daqui a pouco melhora".

Mas hoje foi o último dia. E parece que deu doidice em todo mundo. Todo mundo mesmo.

Depois da prova fui ao banheiro, o Samir, o Roger e o Adal lá dentro, maior das zoeiras. Motivo: o Adal levou uma revista de sacanagem, destas bem de baixaria, e exibia pra todo mundo a página central. Uns caras do terceiro ano olhavam, davam risada. Outros mais chegados queriam a revista, folheavam e tal. Um e outro — que nem eu — muuuuito sem jeito. E ele pegando a página central e abrindo a revista: "Quem quer? Quem quer? Porque senão, eu quero!", e encostava a cara na fotografia, fingia que ia dar um beijo *lá*. O Samir dava risada, o Roger dava risada. Me falaram depois que eles estavam bêbados, saíram da prova e foram pro bar, tomaram dois rabos de galo cada um. Por isso estavam assim, porque do Adal eu espero mesmo uma coisa mais baixaria, mas o Samir e o Roger são legais, são sérios. Não entendia como eles entraram nessa.

Depois que eu saí do banheiro, cheguei no pátio e vi as meninas. A Clea muito maluca, será que era de fumo? Não que eu *entenda* dessas coisas, mas a Clea estava maluca demais. Ela escutava música com fones de ouvido e dançava rock — só que, como só ela estava ouvindo, era um negócio supergozado, todo mundo conversava, indo e vindo, e ela dançando o maior pauleira que eu já vi, rebolando e virando.

Aí achei a Claudinha, tomando refrigerante no balcão do pátio.

— Oi. Como é que foi de provas?

— Sei lá. E você? — Fez *siiip* com o canudinho.

Tinha colocado batom. A beirada do canudo ficou cor-de-rosa, eu vi bem, com aquelas risquinhas da boca, de fazer o biquinho.

— Acho que fui bem. Principalmente em história. Depois de um dez no trabalho, qualquer nota ajuda, né?

Ela deu uma risada bem aberta. Se eu não conhecesse a Cláudia, até falava que tinha bebido alguma coisa, sei lá se tivesse — não, nunca que ela ia fazer isso — entrado no mesmo fumo da Clea.

— Isso aí, Gus. O negócio é o trabalho de história... — E me pegou no braço, pendurou-se em mim. Fechou os olhos, deu uma suspirada. Eu acabei tão duro e sem jeito que ela riu. — Tchau, amor. AMOR-AMOR-AMOR — ela fez.

E foi andando pelo pátio, fingiu que dançava igual a Clea, naquele rebolado maluco, e eu só não fui atrás dela porque o Yun grudou em mim pra saber do gabarito do laboratório. O Yun é coreano dos bem cê-dê-efe e acha que eu também sou. Desde o oitavo ano que ele me procura e a gente checa todos os gabaritos juntos. Mesmo em classes diferentes, ele não perde essa mania. Mas hoje — não sei por quê, mas principalmente hoje — minha vontade era de mandar o Yun à merda e sair atrás da Claudinha, dançando e dando risada, como todo mundo estava fazendo, mesmo que a música estivesse tocando só nas orelhas da Clea.

1º DE JULHO

QUINTA-FEIRA, são quase duas da manhã e acabou de passar um filme na tevê. Um filme triste-triste, e minha mãe chorou no fim, eu vi que ela assoou o nariz na ponta do penhoar, mas não deu o braço a torcer, levantou tão depressa que nem deu pra ver a cara dela, só falou "Como é tarde!" e correu pro quarto. O pai já está dormindo faz um tempão e nem deu pra falar que eu também tinha ficado triste.

Obaasan já foi diferente. A velhinha é durona, andou devagarinho até o quarto dela, suspirou antes de abrir a porta, falou pra mim:

— Coitadinha, nê. É. Guerra muito ruim...

Não sei se vovó ia contar das lembranças dela, sei que chacoalhou a cabeça e entrou no quarto. Eu, sozinho no corredor. O Pedro, dormindo faz um tempão. Não consegui dormir, fiquei embolando tanto tempo na cama que eu acabei levantando e estou aqui, escrevendo sob a luz do abajur. Pedro tinha deixado o rádio ligado e ligado continuou. Agora está tocando uma música assim "As coisas que eu sei de mim são pivetes da cidade / Pedem, insistem, e eu me sinto pouco à vontade" e é da Elis Regina e eu nem conheci a Elis Regina, só sei que ela cantava bem. E estou triste-triste. E me pintou na cabeça um negócio terrível. A moça do filme, a Soraia, que acabava morrendo, tinha só 18 anos; e eu que nem fiz 16 ainda? E se aparecesse uma guerra, como no filme, e eu morresse agora, já, neste minuto que estou escrevendo? Se um presidente maluco resolvesse, sei lá, jogar uma bomba atômica e acabasse tudo e eu morresse, o que é que eu fiz? Nunca dei um beijo numa mulher. Nunca fiz amor com uma mulher. Nunca viajei, tipo passar semanas, meses, longe de casa. Só conheço o sítio, logo aqui em Atibaia. Três visitas pro tio Kenji em Belo Horizonte. Não conheço nada e nem tenho 16 anos. E iria morrer.

A Soraia pelo menos tinha um amor, tinha o Albert, o namorado que morreu junto com ela. Eles tinham um ideal, ele não deixou que ela fosse presa pelos nazistas, ele se sacrificou por ela. Ora, eu queria pelo menos ter alguém — ou um motivo — pra me sacrificar. Poxa, isso já seria tão importante... Eu estou disposto a morrer — ou a viver — por alguma causa, por alguém, mas QUEM? QUAL? Não sei. E isso é triste demais.

Tive de parar de escrever porque o Pedro acordou e ficou naquela de querer fazer xixi, agora tá lá, no banheiro. Não vou poder continuar, porque ele já desligou o rádio e vai apagar a luz. Boa noite.

4 DE JULHO

HOJE É DIA DA INDEPENDÊNCIA DOS ESTADOS UNIDOS. Como é que eu sei disso? Minha mãe me botou num curso de férias de inglês. E o professor fez questão de reforçar isso ontem, no primeiro contato com a classe: "*Tomorrow is the 4th of July, the Independence of the United States*". E eu com isso? Pra começar, nem queria o curso de férias. E, se quisesse, não seria de inglês. Minha mãe:

— Vai ter um curso de férias de inglês na minha escola de ginástica. Quem já é aluno tem 50% de desconto. Gustavo, você precisa de inglês. Pra vestibular, pra tudo.

E como é que podia dizer não? É fácil? Ela veio tão feliz que não dava, depois ela fez a tática certa: primeiro, conversou com meu pai, sobre as facilidades de pagamento e vantagens pro meu futuro. Depois, conversou comigo, sobre vantagens no futuro e facilidade no pagamento. Melhor mesmo foi a avó, com a ironia dela:

— Eles num ganharon guerra? Deve ter o que ensinar.

Adorei a velhinha.

13 DE JULHO

LIGUEI AGORA PRA CLÁUDIA. Melhor: eu estou ligando desde que as férias começaram, mas o celular só dava caixa postal. Aparecia a voz eletrônica: "Deixe seu recado..." e tal. Gravei três mensagens. Depois dava vergonha, então desligava logo que soava o bip. Mas hoje ela atendeu:

— Alô?

Queria morrer. O coração veio assim na boca, não sabia nem como era meu nome.

— Cláudia? Aqui é o Gustavo.

— Gustavo?

— É. Da sua classe. Muramatsu. Gustavo Muramatsu.

Quase que falei "O do trabalho de história", mas ela lembrou antes.

— Aaaaaaaah, sei. Oi, Gus.

— É muito cedo, né? Acordei você?

Eram nove horas e eu já estava de pé desde às sete. Ela deu o maior bocejo, pude ouvir pelo telefone.

— Não, tudo bem, tudo bem... Agora eu já acordei mesmo...

Acordei mesmo, acordei mesmo. Não sabia se pedia desculpa, se me dava um soco na cara ou se falava alguma coisa.

Silêncio. Baita silêncio.

— Mas fala, Gus...

— Não... Num sei... É que... Bem, eu pensei...

Ouvi ela bocejar de novo. O suor escorria pela manga da camiseta.

— Escuta, você vai sair de tarde? A gente podia bater um papo. Tem um filme passando, num ciclo de cinema de ficção científica, é o *Blade runner*, você...

— Tudo bem. Eu não vou sair, não, Gus. Passa aqui, tá?

Ainda consegui falar, antes que ela desligasse:

— Mas que hora, que hora, Cláudia? Porque a sessão...

— Qualquer hora, de tarde. Sei lá. Tchau.

Uma hora? Muito cedo, e se ela estiver almoçando? Duas horas? Aí dava pra pegar a sessão das quatro. Acho que era às quatro, li sobre o ciclo de FC num site, mas tenho de conferir. Podia ir ao barbeiro, cortar o cabelo, aí tomava banho e almoçava. Depois tenho de pegar o ônibus e o metrô. A sessão das quatro, legal.

Não sei nem por que estou escrevendo agora, porque o que queria mesmo era me enfiar num buraco e sumir, desaparecer, ser devorado por quatro mil minhocas e mais algumas ratazanas.

É azar, é praga, é *gauche*, diabo! Parece que não vou conseguir nunca.

Olha, deixa eu falar logo — a Claudinha. Então. De manhã, eu todo contente. O que me passou pela cabeça, se for colocar aqui, sei lá. Não dá nem pra dizer. Cheguei duas horas na casa dela. Em ponto. Aí foi a empregada que atendeu:

— A Cláudia saiu com a mãe dela.

— Mas ela volta logo?

— Ela não deixou recado, não, senhor.

A danada só com a cara pela beiradinha da porta, nem abriu. Eu sem jeito de pedir pra entrar, o Nick latindo que nem doido atrás da perna da mulher, até o cachorro me reconhece e ela fica na desconfiança, pensando o quê? Que eu sou ladrão?

— Tá, obrigado. Eu volto depois.

Aí parei na porta, encostei no muro. Duas horas, 2h20, 2h40. Nada. Ruazinha sossegada, nem passa gente, que pelo menos distraía. Fiquei recordando na minha cabeça todas as fórmulas de química, os autores da literatura brasileira, contando pra mim mesmo piadas que eu ouvi na tevê, olhava o relógio: 2h50. Aí já era demais.

Toquei de novo a campainha. Quem sabe telefonou? Não sabia mesmo onde...

Nick latiu mais ainda, a chata mais enfezada comigo. Nenhuma notícia.

Bom, fui dar uma volta. Cheguei até a avenida, subi, desci. Liguei de novo: só a voz da empregada. Perguntei pela Cláudia: "Saiu com a mãe, não sei que hora volta".

Adeus, sessão das quatro. Olhei um jornal na banca, podia ser sessão das seis. Ou uma comédia maluca, passando ali perto, com sessão às cinco e pouco. Quem sabe ela gostava. Tomei um refrigerante. Liguei de novo. Ainda a empregada, ainda sem notícias da Claudinha.

Quinze para as seis, me plantei na porta da casa dela. Pensei em tocar a campainha, mas não tinha carro na garagem e, depois, meu último telefonema tinha sido dez minutos antes. O cinema já era. Só se a Claudinha topasse sair de noite. Quem sabe ela...

Virou um carro. Deu seta. Meu coração batendo na garganta.

Era o pai dela:

— Pois não?

Gaguejei que até parecia defeito de nascença. A cara avermelhou. Debaixo do braço, só sentia a mancha de suor crescendo.

— Lá da escola... Sou da classe da Cláudia, trabalho de história, eu vinha aqui...

— Aaaaaaah, sei. Já lembrei. E você está esperando a Cláudia?

Nem pude responder, chegaram a Claudinha e a mãe dela, parando um outro carrão, maior que o do pai. Eles eram tão ricos, a mãe e o pai dela, tão altos e ajeitados, pareciam família de filme de televisão, tudo bonito demais pra ser de verdade. E juro que só me perguntei o que é que eu fazia ali, merda. Eu, que pretensão mais idiota a minha: magricelo, japoronga, gago e idiota, querendo namorar a filha daquele baita homem, o maior jeito de ricaço.

Mas a Cláudia foi legal. Isso ela foi. Desceu do carro com mil desculpas, porque a mãe tinha hora no cabeleireiro, achou que voltava logo, avisou a empregada, a empregada não falou? Não, não falou. Ai, desculpasse de novo... E a gente foi entrando. Ela estava mentindo? Não, não pode ter sido por sacanagem. Não pode ter sido por esquecimento, não pode. A Claudinha não ia fazer isso.

E a gente entrou. Me botaram numa saleta, perto da televisão. Que eu desse licença. E sumiu o pai, sumiu a mãe, a Claudinha. Só o Nick ficou comigo, babando nas minhas pernas, dando umas patadas que me ameaçavam o saco. Vinte minutos. Fiquei encarando o cuco na parede, 7h10, a Claudinha voltou. Sentou no sofá da frente, cruzou as pernas:

— E aí, Gustavo? Como é que está de férias?

Como eu estou? Que férias? Por que a gente não consegue dizer as coisas legais, aquilo tudo que a gente fica pensando, ensaiando? Que nada. Falei-falei-falei. Fiz um relatório, não parava de falar, desde as aulas de inglês até lustrar o carro pro meu pai, até brigar com Pedro ou ver filme de madrugada na tevê, a Claudinha balançando a cabeça, balançando. A mãe dela apareceu na porta, fez um sinal, ela fez um gesto com a cabeça e eu falando-falando, e quanto mais eu falava mais idiota e triste eu me sentia.

Eram oito horas quando a Clau se levantou. Levantou mesmo, me estendeu a mão, toda solene:

— Olha, Gus. Foi legal você vir aqui, legal mesmo. Mas sabe o que é, a gente tem o aniversário da minha tia e daqui a pouco a gente vai sair, sabe? Não é por nada, não, mas é que não dá pra faltar.

E eu apertei a mão dela, assim loooonge, sem beijinho? Sem nada? Aperto de mão, lá longe? Peguei nos dedos dela, na ponta dos dedos. Tinha feito as unhas, reparei.

Falei um tchau para os pais dela. O pai, de bermuda e camiseta. A mãe, de penhoar. Não sei, mas ninguém com cara de ir pra festa.

Parece que só o Nick ficou feliz com a visita. Que idiota, que besta, que japoronga que eu sou. Quando é que vou aprender? Será que não vou aprender nunca a ser um cara legal?

Preciso abrir logo esse buraco e me enterrar, com as quatro mil minhocas.

17 DE JULHO

HOJE APRENDI COMO SE FAZ frango *chop suey*. Isso mesmo, e ainda em inglês. O idiota do professor falando, explicando os ingredientes, e olhando o tempo todo pra minha cara; será que não sabe a diferença entre chinês e japonês?

O curso tá chato, ruim, três vezes por semana aquela tortura... Criei coragem e disse pra mãe que não ia mais. Que não estou aprendendo nada, que o inglês que a gente tem na escola é melhor que o desse curso. Ela ficou superbrava comigo.

— Bobagem sua, Gustavo. Pagou só a metade. Precisa aproveitar. Está ficando preguiçoso que nem *gaijin*.

Aí não sei o que me deu, eu geralmente deixo que ela fale essas asneiras e o máximo que faço é ir embora, resmungando. Mas me deu assim um ódio e eu gritei com ela:

— Para com isso, mãe! Não quero que a senhora fale desse jeito de brasileiro! Eu sou brasileiro, moro no Brasil e acho que esse Japão de que vocês falam tanto é uma grande porcaria, tá?

E a avó, que estava costurando na salinha ao lado, e acho que nem ouviu a conversa por inteiro, chegou até mais brava que a mãe, apontando o dedo pra mim e ainda segurando a tesourinha:

— *Korá*, Gustavo! Japão hoje muito importante, nê! Mais importante que Brasil! Japão ficou forte depois da guerra, nê!

Eu não queria brigar com a velha Yuki, mas acabei brigando. Falei alguma coisa de ela ficar bajulando o Japão, de que ela era — soltei aquele monte de palavra em português difícil que a coitada da avó nunca ia entender: alienada, retrógrada, desinformada, enfim, palavras que eu conhecia das aulas e que iam esnobar a velhinha... Avó olhando reto pra mim, do jeito de dizer "Este menino está louco".

Acabei me enfiando no quarto e estou aqui até agora. Nem vieram me chamar pro almoço. Uma fome danada, mas também não vou dar o braço a torcer. Não vou, não vou.

19 DE JULHO

PELO MENOS UMA SEMANA DE SÍTIO. Não é lá grande coisa, mas ficar em São Paulo estudando inglês e sem nada pra fazer...

Avó veio junto comigo e com Pedro, mãe volta pra cá na quinta-feira e pai vem buscar a gente no fim de semana. Hoje o dia ficou bonito e todo mundo aproveitou bastante, tomou sol, passeou. São dez da noite e estão dormindo. Estou na varanda, escrevendo e ouvindo só o barulho dos grilos, a noite quietinha, vendo uns trovões no céu, riscando uma noite bem azul-escura, carregada de nuvens.

É bom e é triste. Gosto de ficar sozinho, tem vez que é bom, parece que não existe pessoa alguma na Terra, e não preciso sofrer pra agradar os outros. Como isso é complicado, não? Por que é tão importante assim os outros gostarem da gente? Por que eu não posso ser um cara sério, com opiniões que os outros respeitam, que não fique gaguejando nem nervoso pra discutir com os outros? Assim igual o Flávio, professor de física. Ele não dá bronca, não é nenhum monstro com os alunos. Mas ele só olha pra gente e a bagunça para. Ele explica as coisas, todo mundo tem certeza de que ele conhece muito, muito mais do que ele fala, e não mente e não faz média. Será que algum dia eu vou ser assim?

Ou igual ao Carlos, meu primo. Andei hoje pensando muito nele, fui nadar no rio e lembrei muito das conversas sobre a Karen, a namorada brasileira. Não vi o Carlos desde os feriados. Será que ele vai mesmo se juntar com aquela moça? Vai ter essa coragem? Algum dia eu vou ter coragem de enfrentar assim todo mundo pra defender uma ideia minha, uma vontade minha?

Eu? Será que algum dia vou ter sequer a alegria de ter uma namorada, uma mulher? Queria hoje uma mulher, sabe. Pra falar a verdade, uma mulher qualquer, qualquer uma (desde que não fosse muuuito feia) e que ela colocasse a mão no meu cabelo, falasse "Vem cá, me dá um beijo". Nem beijo eu dei numa mulher. Nada. O máximo foi dançar com a Anita, foi beijinho no rosto de umas e outras e só por amizade. Eu lá posso dizer que tenho amigo? Tenho? Um só amigo?

20 DE JULHO

QUE BAIXO-ASTRAL ONTEM. NOSSA! Gustavo, vê se não entra nessa, porque aí você chora e não é nada disso.

Hoje a gente foi até a cidade, pegamos um ônibus cata-caipira que passa na estrada e foi superlegal. *Obaasan* parecia até mais animada que a gente. Colocou vestido novo, passou batom. Ela é gulosa, não pode abusar de açúcar porque já teve um começo de diabete, mas hoje era um dia especial. Entramos na única confeitaria da cidade e foi a festa: sorvete, bolo e chocolate. Até deixou eu pedir cerveja — e pegou um copo pra ela também.

Ficou tão contente, sabe, e começou a falar dela. E como eu sei pouco dela! De chegar no Brasil com 5 anos, de nem lembrar do Japão. Melhor: do Japão, a lembrança da flor da cerejeira, *sakurá*, "Non cereja igual daqui, outra cereja". E a lembrança forte da neve, aí ela riu muito, explicou: "Neve é *yuki*, eu sou Yuki, Gustavo. Neve". Mas que isso, neve? Aquela velhinha nada tem pra derreter, trabalhou duro a vida toda e continuou alegre; uma fibra que esse pessoal tinha! Aqui no Brasil, até os 17 anos morou em fazenda, nem escola ela fez, era colher café, a Yuki devia ser uma menina ainda e ficava colhendo café desde madrugada, como se fosse adulta.

Casou com 17 anos, com meu avô Eiji. Aí ela deu uma parada, uma graaaaande parada na conversa. Olhava pra fora da doceria, olhava pro Pedro, que a essa altura estava correndo na pracinha e tinha deixado nós dois sozinhos. E era difícil ela falar. Que vontade de eu ter coragem, coragem mesmo, abrir a alma com ela, perguntar, falar: Você gostava dele, *Obaasan*? Você foi feliz? Você amava ele? Como é amar alguém, vó?

Mas nunca uma coragem dessas! Ela falou de costumes da terra, coisa assim de homem ir na frente, de mulher ir atrás, imagina pegar no braço, abraçar? Isso é coisa de *gaijin*, não de japonês, nunca. De ele ser caladão, de ser mais inteligente. "Eu boba", e ela repetiu, "muito boba". De ele saber ler em japonês e português, de comprar revistas e jornais importados do Japão, de montar um comércio em São Paulo.

"Trabalhar muito-muito-muito." Ter cinco filhos. Dos cinco, três vivos: Kenji, meu pai Bernardo e a tia Adelaide. Da morte de vovô. Eu era pequeno, mas falei que lembrava do velho Eiji, sim, apesar de ser uma vaga lembrança. Aí ela falou dos netos, tantos netos, "Bonitos, nô? Fortes, inteligentes. Que nem *Oniisan*, Gustavo".

Eu sofrendo por besteira, chorando, como ontem, por besteira. Vai ver a danada dessa velhinha é mágica, percebe tudo isso.

Só de noitinha a gente voltou pro sítio. E agora estou aqui, escrevendo. A noite está bem clara, assim de estrela no céu. Na varanda bate um vento gostoso, só sei que vem uma paz, um sossego... E sono. Vou dormir. Boa noite.

1º de AGOSTO

AS FÉRIAS ACABARAM! Que-bom-que-bom-que-bom! Amanhã já levanto às seis, tomo café correndo e vou pra escola e vou ver a Claudinha e vou encontrar os colegas e vou — até que enfim! — sentir que estou fazendo alguma coisa, me sentir útil.

Engraçado, isso. Sentir útil. Só porque estou estudando? Hã?! Só por isso? Às vezes eu acho que isto é mesmo coisa de japonês: de só ficar contente com o trabalho, com obrigações, com deveres. Acho que esta danada dessa raça nunca vai ser brasileira, sabe. A gente não aprende a relaxar. Fazer coisa igual o Beto, o Adal, o Tadeu. Preguiça, matar aula, viver folgado pelo mundo. Se dissessem que o mundo ia acabar agora, garanto que o japonês arrumava um jeito de terminar o serviço dele nesses minutinhos finais.

Que ideia mais idiota, Gustavo! Mundo acabar, que é isso! É melhor parar logo de escrever, amanhã é levantar cedo e tanta-tanta coisa está esperando você. Pense na risada gostosa da Claudinha e vá dormir.

2 de agosto

Fiquei feito bobo caçando a Claudinha pela escola. Fui supercedo pra aula, cheguei lá e só o porteiro e meia dúzia de cê-dê-efes que nem eu. Mas sabia que não madruguei pelas aulas: era a Cláudia. Era chegar logo, quem sabe procurar uma carteira que desse pra ficar mais perto dela, se eu sentasse ali logo no primeiro dia, dava pra "negociar" com a Márcia, que é quem senta bem do lado da Clau.

Chegaram os "orientais" da classe: o Jorge, o Chang, o Miguel e o Lin. E eu. Só nós, assim quinze pras sete, lá dentro da classe. Parecia reunião da colônia, só que três japoneses, um coreano e um chinês. Um olhando pra cara do outro, aquele papo bobo, "Como é que foi de férias?", mas eu sabia que as férias deles tinham sido tão chatas como as minhas, que a gente tava louco pras aulas começarem. Deu uma vontade de rir, se eu desse risada iam falar que era louco; mas deu mesmo, porque, se eles estavam pensando que eu era cê-dê-efe, estavam muito enganados, era a Cláudia.

"Estou apaixonado pela Cláudia", e se eu dissesse isso, não iam achar que era mais doido ainda?

Dez pras sete. A classe foi enchendo. Primeiro sinal. Agora! Arrumei tudo na carteira que era da Márcia, pronto para enfrentar qualquer briga ou discussão, mas dali eu não saía. O zum-zum da conversa, a Clea chegou morena pra diabo, como é que ela conseguiu essa cor em julho? "Salvador, quérido", imitava sotaque baiano. "Oxente, tá pensando o quê?", e eu sei que começava a suar e o professor já vinha chegando, o Adal gritou "Lá vem o Glauco", o pessoal foi sentando nas carteiras. E a Cláudia?

A Márcia entrou com pressa, cabelo molhado de ter tomado banho. Não brigou pela carteira, não: pura e simplesmente se sentou na carteira que era da Cláudia.

— Ei! Aqui é a Cláudia — eu falei.

— Você não sabe? Ela foi viajar, volta só dia dez. Eles foram pra Disneylândia.

Viajar. Dia dez. Levei um bom tempo pra entender o que a Márcia dizia. Dez-dez-dez-dez dias ainda sem ver a Cláudia. A aula do Glauco nunca foi tão chata, e olha que ele é o professor que melhor sabe contar piadinhas.

9 DE AGOSTO

NESTE SEMESTRE APARECEU um cara novo na classe. É de Mato Grosso, Goiás, coisa assim, e agora veio estudar em São Paulo. O seu nome é João, ele é escuro, mistura de índio com negro, é grandão e no primeiro dia de aula já foi fazendo pergunta pra professora de geografia e ela até elogiou a "iniciativa" dele, então muita gente já achou que o João era metido demais e não foi com a cara dele.

Nos primeiros dias, o pessoal ainda não tinha maior intimidade, mas, depois de uma semana, eu sabia, vinha alguma brincadeira.

Não deu outra. Hoje tivemos uma aula vaga e autorização ou pra ficar na classe ou descer pro pátio. A maioria saiu, mas eu fiquei lendo o livro do bimestre de literatura e vi toooooooooooooooda a armação.

O Tadeu e o Beto, que gostam de sacanear os outros, saíram correndo da classe e não é que voltaram com uma penca de banana? O Beto disse que pagaram a maior nota para o chapeiro da lanchonete vender as bananas usadas nas vitaminas. Então os dois capricharam na carteira do João, deixaram aquelas lindas bananas enfeitando tudo e dando a dica de seu parentesco com macaco.

Pararam na porta, ficaram na tocaia.

Não demorou pro João aparecer. Chegou, viu a carteira decorada, a gente esperando a maior bronca — "Quem foi?" e tal. Mas não. Ele foi direto para as bananas e enfiou tudo na mochila. Antes que desse tempo de alguém dizer "que macaquice", ele se mandou para o pátio.

"Pronto", pensei. "Foi reclamar na diretoria." O Tadeu e os amigos dele também devem ter achado a mesma coisa, começaram a xingar alto, "dedo-duro, covarde" e tal, mas o João não foi procurar ajuda. Foi só caprichar ainda mais a tal "brincadeira" dos colegas...

Quando estava quase na hora de bater o sinal de fim de aula, João parou na porta da classe, abriu a mochila repleta de chocolates e bananas. Começou a oferecer para as meninas:

— O que você prefere, banana ou chocolate? Ah, eu sabia, todo mundo sabe o que é gostoso, pode pegar esse bombom aqui. Toma um pra você, Márcia, e você, Bia, prefere chocolate? Olha outro bombom para a Clea e para a Débora e...

Sei que Tadeu e os caras ficaram de um jeito! A oferta de doces durou até o fim do estoque e assim, segundinhos antes de o professor entrar na sala, João foi direto até a carteira do Tadeu, esmagou duas bananas em cima do caderno dele e disse:

— Parabéns, você acaba de descobrir qual é a preferência nacional! Cor de chocolate é mais gostoso e sempre faz mais sucesso, entendeu?

Era aula do Flávio, todo mundo sentou logo, Tadeu teve de esconder aquele caderno cheirando a banana esmagada, umas meninas fofocaram e entenderam a vingança do João, então colaboraram mastigando chocolate de um jeito bem exagerado... A maioria dava risada, o Tadeu e o Beto é que ficaram com cara de quem nem comeu nem gostou, mas também nem tinham clima de prosseguir com a piadinha racista.

Foi diferente. Valeu. Sei que gostei muito da atitude do João.

10 DE AGOSTO

É HOJE, EU FALEI QUANDO VI minha cara no espelho. É hoje, marquei em cada passo que dava. É hoje, senti por dentro do corpo quando o primeiro sinal tocou, mandando todo mundo entrar. É-hoje-é-hoje-é-hoje que a Claudinha volta de viagem.

Era uma luta controlar o nervosismo. Experimentei fechar os olhos, assim disfarçado, quem sabe se eu me concentrasse muito-muito conseguia "chamar" a Claudinha mais depressa. Ouvia as vozes dos colegas, era engraçado ouvir o pessoal sem enxergar. Mas não podia desviar a atenção: pense. "Cláudia! Cláudia!", eu chamava. Chamava como se meu grito viesse de dentro, muito dentro do meu coração.

O segundo sinal tocou, abri os olhos. Uns e outros se sentavam, um ou outro ainda bagunçava na porta. Era aula com o Gregório, ele chegou, "Bom dia, pessoal", colocou o material na mesa, ia fazer a chamada. Foi murchando meu coração, assim bem pequenininho. Acabou.

"Adalberto", "Presente". "Alice", "Presente". "Ana Cecília", "Presente". "Ana Maria", "Presente". "Carlos", "Presente". "Carmem", "Presente. "Cíntia", "Presente". "Cláudia"...

E toda esbaforida, lá mesmo no batente da porta, "Presente". Era ela-ela-ela-ela, eu queria morrer, levantar o braço, falar "Olha eu aqui, que saudades, gosto de você", ou tantas coisas, mas ela veio depressa, nem olhou direito pra classe, viu uma carteira vazia lá na frente, sentou e, meu Deus, como é que eu podia prestar atenção?

A primeira aula acabou, corri pra perto da Cláudia.

— Oi. Como foi a viagem?

A Clea tinha chegado antes, fez a mesma pergunta em inglês, ela já conhece Orlando, já conhece os Estados Unidos inteiro, um monte de lugar, a Clau fez "Oi" pra mim e respondeu em inglês pra Clea, maldito inglês, se aquele curso de férias servisse pra alguma coisa eu também podia. Como é mesmo que se fala "Senti saudades suas" em inglês?

O professor de matemática chegou, é um japonês bravo, tinha de sentar logo. Só consegui falar "Depois a gente conversa" pra Claudinha e fui pra minha carteira.

Na terceira aula, me danei. Bateu o sinal, o professor ainda na classe, a Claudinha correu pra fora: ainda fui atrás e vi que ela entrou no banheiro. Chegou até meio atrasada.

Tinha de ser no intervalo.

— Como é que você está, Cláudia? E a viagem?

— Legal, superlegal — respondeu.

Será que ela cresceu nessas duas semanas? Sapato baixo, mas mesmo assim mais alta que eu. Doidice, ninguém cresce em tão pouco tempo. Ela ia falando e eu ergui bem as costas, posição reta; não, se ficasse bem reto, ela ainda era exatinho da minha altura.

— E você? Fiquei de te ligar depois daquele dia, mais aí tinha essa viagem... Tudo bem?

Péssimo, mal, horroroso. Mas falei:

— Tudo, tudo bem.

E foi assim o intervalo. As meninas queriam saber mil coisas da viagem, só fui ouvindo e vendo aquelas covinhas lindas que a Cláudia tem no canto da boca, o cabelão que ela jogava pra trás do rosto, parece que também mais comprido, mais liso, os olhos de gato que ela tem, aqueles dentes brancos e lindos.

E foi assim. Assim, assim, chocho, sem graça, sem a menor chance de falar o que eu queria, sem conseguir ficar sozinho com a Cláudia por dois minutos que fosse e sentando tão longe, tão longe dela.

16 DE AGOSTO

ANIVERSÁRIO, POR QUE NÃO PENSEI nisto antes? Aniversário.

Não, “querido diário”, hoje não é meu aniversário. Mas é que hoje pintou uma ideia, uma ideia incrível, e tem de dar certo, vai ser o melhor dia da minha vida!

Foi assim: o Samir tinha escrito a data no caderno antes da aula, e virou pro Rogério e falou “Sabe? Falta um mês pro meu aniversário”. “Você também é de setembro?”, perguntou o Roger, “porque eu sou do dia 27”. Eu ouvi e entrei na conversa: “Eu também, do dia 26”. E a gente embalou num papo sobre festa de aniversário, de família que não sabe dar uma festa legal, coisa assim.

O Samir falou que a mãe dele não entende, só dá festinha de criança, e ele estava cheio de festinha de criança, tipo bolo-guaraná, que no ano passado foi a maior vergonha, a mãe botando velinha acende-apaga e bexiga na parede, que ele já estava com 15 anos, agora ia fazer 16 e tinha crescido, será que eles não perceberam que ele tinha crescido? (E tinha mesmo. Olha que o Samir tem metro e oitenta e tanto, é grandão à beça.)

Aí foi o Rogério que começou a reclamar. Que ele adoraria se tivesse *pelo menos* festa de criança. Falou do pai dele, do tipo bem durão, “se eu não tive, meu filho não tem”, e que achava festa de aniversário um desperdício, uma besteira. “Ele prefere me dar em dinheiro, fala que é muito melhor do que encher a barriga de um monte de gente.”

Aí falei eu. Contei das famigeradas festinhas da colônia. Tudo vira motivo pra juntar tooooodos os japoneses, e fica aquele monte de parente e nem dá jeito de chamar amigos, porque só a família já encheu a casa e fica um horror. Até andei inspirado naquela hora, Roger e Samir morreram de rir quando contei dos meus últimos presentes: uma calculadora eletrônica e uma camisa social, colarinho engomado e tudo. E o contrário disso, que foi um bichinho de pelúcia. Quer dizer, o japoronga aqui ou é bebê ou executivo.

A Silmara chamou a atenção da gente três vezes, porque aí um lembrava de um presente: "E eu, que ganhei abotoaduras! Com iniciais, já viu coisa mais pavorosa?". E daí outro lembrava da parentada: "E aquela tia chata que não tem festa que não fale 'Como você cresceu'... Pensava que eu era o quê, anão? Cresceu, cresceu. Claro que cresceu". E eu também lembrava outra coisa: "E quando a mãe quer fazer economia e ela mesma faz o bolo? O bolo todo torto, ninguém com a menor vontade de comer a gororoba"... E a gente ria, a gente se cutucava, maior fogo de contar coisa...

Conclusão: a Silmara botou nós três pra fora da classe. A primeira vez na minha vida que me botaram fora da classe, mas eu estava tão contente, com a barriga até doendo de dar risada, que nem liguei.

Deu uma febre em mim, e neles também, uma febre e uma alegria, que a gente ficou papeando o intervalo todo, o sinal tocou pra entrar, a gente resolveu ir até a lanchonete e continuar conversando, e na mesa da lanchonete, uma ideia: fazer uma festa de aniversário conjunta, de nós três, com tudo o que a gente sempre quis e os pais nunca entenderam.

— Tem de ter luz negra — falava o Samir —, que é pra gente agarrar as meninas à vontade.

— Tem de ter chope, uísque, caipirinha — falava o Roger, fazendo brinde. — Pra ninguém dizer que faltou bebida.

"Tem de ter a Claudinha", eu pensava. Mas dizia outra coisa, que não sou besta:

— E meninas, muitas meninas. As da nossa classe, todas das outras classes. Encher de mulher, abaixo festa que não tem mulher!

E eles também gritaram: "ABAIXOOOOO!". E a gente fez mais um brinde, foi arrumando detalhes, fazendo contas.

O dinheiro tinha de sair da gente — "Nenhuma interferência da família", como falou o Roger. E a data? Quando? Tinha de ser no meio dos

aniversários. Contas daqui, pedir calendário pro garçom, ver que fosse sábado, não coincidisse com provas e tal. Chegamos à brilhante conclusão: entre Virgem e Libra, dia 25. Um magnífico sábado de primavera.

18 DE AGOSTO

ESTOU AQUI NO MAIOR FOGO com minhas coisas, roupas, badulaques. Ontem eu, o Roger e o Samir começamos um orçamento. Como a gente anda de mesada, se algum de nós tem uma poupança pessoal, aquela com os restos das migalhas que os pais dão pra gente, se não tem chance de vender alguma coisa. É isto que estava fazendo agora.

Achei uma jaqueta de couro, bonita, que meu pai me deu tem dois anos. Ainda serve e serve bem, mas eu posso dizer que tá apertada. E se eles falarem "Então deixa para o Pedro"? Ah, mas nem por cima do meu cadáver. Vou botar anúncio no mural da escola amanhã mesmo. Quanto vale uma jaqueta de couro? Nova é uma fortuna. Usada, porém pouco usada... Deixa eu ver. E tem também a correntinha de ouro, aquela que a tia Rosa me deu quando eu era bebê. Ouro dá pra vender legal. E se a mãe invocar, "Cadê a correntinha?", sei lá, falo que não vi, não sei. Que me roubaram, que eu perdi. É isso, perdi.

Quer saber de uma coisa? Vou ligar pro Samir. Contar pra ele tudo que já achei.

Eu sou uma besta, mesmo. Na loucura que estava hoje de tarde, *eu tinha* de contar pra mãe. Tinha, né. Sua besta. Fazendo tudo errado, sem preparar terreno. Tinha que ir de mansinho, idiota!

Mas não. Fui de tijolada.

— Mãe! Eu, o Samir e o Roger estamos planejando uma coisa incrível. Superlegal, mãe.

— Samir? Roger? *Gaijin* ou *nihonjin*?

— E daí, mãe? Que é que tem a ver? São amigos lá da escola. A gente quer, a gente tá combinando uma festa.

— Festa?

Aí ela parou de preparar a sopa de missô, que ela vive fazendo e que mais a avó toma, e ficou me olhando, enquanto eu contava tudo de uma vez, bem blá-blá-blá, o que a gente queria, o *como*, mais ou menos o *porquê* a gente queria uma festa só da gente.

— Gustavo, mas só de vocês, quer dizer que eu, pai, *Obaasan*...

— É, quer dizer, a festa mesmo é no sábado, dia 25. Não é no dia do meu aniversário, é só pra comemorar os três aniversários de uma vez. Assim, um bailinho.

— Bailinho? E onde?

Da voz dela ia quase caindo gelo, um frio também começou a crescer no meu peito, eu ainda mostrando alegria, e ia dando medo, eu falava todo contente, mas embaixo do braço um calor e um frio.

— O Samir já falou com o pai dele. Eles têm uma garagem bem grandona, e pelo menos o pai empresta a garagem. O resto é a gente que põe: música, comida, divide o dinheiro de tudo, de bebida, de tudo.

E depois que eu falei-falei-falei, veio o silêncio. O maior silêncio do mundo. Eu olhava pra baixo, pra cima, mãe com a mão no queixo, olho reto em mim. Só o rádio da empregada lá do fundo da lavanderia.

— Não sei, não...

Devagarinho ela me deu as costas, foi dissolvendo o missô na água de legumes e mexendo na panela. Nunca achei o cheiro daquilo tão ruim.

— Que é que a senhora não sabe, mãe? Vai ser superlegal, vai estar todo mundo, um monte de gente, de amigos.

— Que monte de gente? Bailinho, Gustavo? Festa sua na casa de *gaijin*? — E foi resmungando, falando mal de mim, que eu andava com esquisitices. — Que custa fazer festa aqui? E sua tia? E os primos? *Obaasan*, coitada dela, que ela vai pensar?

— Mãe, mas o que é isto...

— Não sei, não. Eu não aprovo isso, não.

E virou de vez as costas, a maior atenção na panela de sopa, tipo "fim de conversa". Mas não, desta vez não, ela não entendia, merda! Eu não podia deixar assim. Veio pra minha barriga um fogo, uma agonia, eu nem percebi, mas quando vi estava chorando, na garganta fez um bolo, e sei que comecei a gritar:

— A senhora NÃO ENTENDE! Não entende! Vou fazer 16 anos, não quero titia, prima, parentada! Eu quero amigos, eu quero uma festa mesmo, eu... E olha! — Aí tremia com o dedo levantado no nariz dela. — Eu vou fazer a festa, tá? Vou e vou mesmo, tá? O dinheiro é meu, da mesada. Faço como eu quiser, mas EU-VOU-EU-VOU nesta festa!

E saí correndo, chorei-chorei até ficar com a cara inchada, até babar no meu travesseiro todo, e vi que o tempo foi passando, e vi que foi escurecendo, e vi que o Pedro chegou da escola quando o ônibus escolar freou na porta, e vi que eu queria morrer, todo esvaziado, triste.

Obaasan veio chamar pra janta, eu falei OK, mas não abri a porta. Quando vi que ela foi embora eu saí, fiquei um século no banheiro, lavei bem a cara, toda vermelha e inchada, queria mesmo que meus óculos fossem tão-tão escuros que não se visse nada dos meus olhos, só dois buracos negros.

Na mesa, o tempo todo eu fiquei de cara abaixada. Sabia que pai ia puxar conversa e vi também que mãe tinha os olhos vermelhos (ela também tinha chorado) e fiquei assim mais dolorido por dentro, porque não queria que ela sofresse, mas também não podia voltar atrás, não podia. Por que só eu tinha que entender eles?

Nem consegui comer. Ficou tudo muuuuito quieto, nem o Pedro fez barulho, me olhando tão sério e esperando a tempestade. Todo mundo esperando a tempestade.

Que acabou não vindo. Comi qualquer coisa, falei que ia estudar e me tranquei no quarto, enterrei o nariz num livro de química, mas só pra fazer de conta, porque eu não lia uma palavra, fechava os olhos e ficava sofrendo, doendo todo o peito. Aí o Pedro veio dormir, tomei banho e estou escrevendo. Pai e mãe já foram dormir, vó também. Bem, pelo menos por hoje estou salvo, mas amanhã volta a tempestade. Só que eu juro, juro mesmo, *desta* vez eles não ganham. Eu vou ter esta festa de aniversário de qualquer jeito!

19 DE AGOSTO

CONSEGUI. NEM SEI DIREITO COMO, mas consegui. Hoje de manhã eu falei mais ou menos (porque a vergonha não ia deixar contar tudo) com o Samir. Falei otimista, dizendo que por bem ou por mal ia fazer a festa junto; no final, até exagerei minha valentia, acho que era até pra me convencer, além do Samir.

Samir ouviu-ouviu. Depois deu um palpite incrível:

— Gustavo, o meu pai é mais legal e até está achando um barato a gente entrar com a grana e tal. Eu podia pedir pra ele ligar pro seu pai. Sempre ajudava...

Se ajudava? *Só* ajudava.

Cheguei da escola de tarde, vim aqui pro quarto. Meu pai chegou como sempre às seis horas, eu desci pra sala. A janta ainda não estava pronta, quase sete tocou o telefone. Era a hora que a gente combinou. Atendi:

— Pai, é pro senhor.

Lá veio o velho Bernardo atender. Eu, perto, fingindo que via tevê. Pai começou só falando "uh, uh". Depois abriu mais o jogo: "Aaaaaah, sei. É que vai incomodar... Tanta garotada, não é? A gente... uh. Certo, senhor...? Senhor Válter. Pode falar".

Eu fazia figa, escondido. Com os dedos das duas mãos. Tentava cruzar os dedos dos pés também. Grudado na televisão.

Pai desligou o telefone, olhou bem pra mim.

— Gustavo. — Eu virei pra ele. — Era o pai do seu amigo da escola. Essa festa de aniversário, você...

Corri pra perto dele.

— Então, pai. É a gente que está fazendo, é a gente que está juntando o dinheiro, arrumando tudo. O pai do Samir só emprestou a garagem. Vai ter só pessoal da escola, vai ser tipo um bailinho. Ninguém quer festa de criança, de parente...

Pai tirou e ficou limpando os óculos. Quando ele quer tempo pra pensar, ele tira e fica limpando os óculos. Ouviu, pelo menos ele ouviu até o fim o que eu falei. Colocou os óculos, devagar.

— Vou pensar, Gustavo. Vamos ver.

E, no jantar, a mãe ainda sem me olhar na cara, só passando comida. Eu grudava os olhos nela e no pai. Vai, mãe. Fala, pai. A vó acho que nem sabia de nada, ou pelo menos fingia que não sabia.

Um século depois, na hora da sobremesa:

— Uma festa só pra amigos... Mas quando vai ser?

Gaguejando e torcendo o guardanapo, repeti tudo de novo, "Dia 25, juntar os aniversários, só pra gente da escola".

Pai olhava pra *Obaasan*, que tomava *missoshiru*, ela toda noite toma sopa; hoje até eu me servi de missô, quem sabe ajudava. Depois ele olhou pra mãe. Ela desviou o rosto e pegou o pudim de sobremesa, se serviu e foi falando:

— Dia 25 é sábado? Podia no domingo avisar a Adelaide, tipo almoço, pelo menos convidar eles. E no sábado o Gustavo ia na festa dele. — Confirmou com meu pai com os olhos. Pai bem quieto, fez só o gesto de erguer as sobrancelhas.

Se não era "ótimo, maravilhoso", pelo menos não proibia. Que alívio. OK, OK ia ter minha festa. No domingo, que aparecesse o bairro inteiro da Liberdade em casa, que se danasse, mas que MINHA festa saísse no sábado. Estava tão nervoso que nem conseguia empurrar o pudim garganta abaixo, quase ia explodir.

Mas *ganhei*. Não posso dizer que foi uma vitória assim tão grande, mas deu certo.

Como é difícil conversar com eles. Será que eles nunca vão entender?

22 DE AGOSTO

DOMINGO. UM FRIO DE DOER nos dentes, mas hoje de tarde assim mesmo fui até a casa do Samir. A gente ficou de olhar a garagem e decidir a arrumação. Eu fiquei desde manhã, todo contente, até parecia que ia encontrar namorada (Deus me livre! O Samir? O Roger? Blééé).

A mãe foi levar *Obaasan* até a casa de uns conhecidos, lá na Aclimação, e até me deu carona. Uma ajudona, né? Ah! Pensa que eu não conheço minha mãe? O que ela queria mesmo era ver onde ia ser a tal festa. Vai ver, pensava que era um cortiço. Pela cara dela, vi que aprovou a rua residencial, o baita sobrado onde mora o Samir.

— Quer entrar? — eu perguntei, só de sacanagem.

— Não, não. Não demora, hã? Amanhã tem aula.

Eu voltei só agora, e já é tarde mesmo. É que o tempo passa superdepressa com tanta coisa pra arrumar e mexer e conversar. Mas mesmo sendo mais de onze horas, nem pai nem mãe deram bronca. Só estavam lá vendo tevê, a mãe ainda perguntou se eu queria um leite, e só. Eu preocupado se vinha bronca e tudo bem!

Agora deixa apagar o abajur antes que o Pedro acorde. É bom nunca abusar demais da sorte.

23 DE AGOSTO

HOJE APARECEU UM CARA disposto a comprar a jaqueta de couro. Eu sou uma merda pra negociar, já ia até aceitando o que ele queria pagar. O Samir percebeu que eu ia fazer bobagem — era hora do intervalo, o cara que queria comprar o casaco é do terceiro ano, jeito de malandro — e chegou perto da gente. Quando o cara viu o tamanho do Samir, já ficou menos metido.

— Olha aí, é couro do melhor. E nem foi usado, pelo menos eu nunca vi o japa aqui usando isso. — Samir pegou a jaqueta, revirando os bolsos, conferindo o zíper. — Quanto vale?

O cara deu o preço dele, o Samir caiu na risada, me deu um tapinha no ombro:

— Ô, Gustavo, ele pensa que a gente é trouxa! Escuta aqui, cara: o Gus tá vendendo a própria roupa pra fazer uma festa de aniversário. Se é pra dar de presente, eu falava pra ele levar pra doação, porque mixaria não rola. O dobro ou nada.

E foi a maior sessão pechincha. Terminou com o cara aceitando um aumento de 50% no preço, e ainda ganhou do Samir: "Pelo menos você fica convidado pra festa. Aproveita e toma umas a mais pra descontar o dinheiro".

Peguei o dinheiro, uau! Era o que faltava pra encomendar salgadinho. Fiquei meio comovido, era engraçado, nós três nos ajudando assim tão bem. Samir chamou o Roger, que se aproximou mastigando um sanduíche.

— Que foi?

— Olha que bonito. — O Samir puxou o bolo de notas da minha mão, mostrou pra ele. — Salgadinho de montão. O que faltava pro bufê.

— Hum-hum — ele falou de boca cheia. — Do Gus?

— Isso aí. Ele ia vendendo a jaqueta por bem menos. Se não sou eu...

E o Roger começou a gozar dele:

— Tinha de ser turco, esse cretino. Se não fosse, era judeu.

— E daí? Fazer negócio é isso aí, não tem de perder, não. Japonês não sabe negociar, tem de apelar pro turco.

A gente riu. O Samir não se zangava de ser chamado de turco? Pra falar a verdade, nem eu de ser chamado de japonês.

25 DE AGOSTO

NUNCA PENSEI QUE ANIVERSÁRIO botasse tanto fogo no pessoal. A gente avisou a classe inteira ontem, mas uns e outros já sabiam, então o bochicho ficava maior. Tinha os invejosos, como não podia faltar. O Tadeu tentou jogar merda: "Bailinho? Bailinho é coisa de careta. O negócio é metal, pauleira". Mas o Samir também não deixou por menos: "Não precisa ir se acha que é careta. Mas azar o seu. Vai ter som de todo tipo".

E, se apareceram os invejosos, também teve muita gente que prometeu ajudar. O Edu ficou de emprestar o som, ele tem uma aparelhagem quase profissional, ficou de organizar umas músicas. A Bete prometeu um grande desconto em bebida no atacado do pai dela se a gente quisesse. Ô, se a gente quer!

A Cláudia eu fiz questão de convidar especialmente. E tive até essa coragem: "Cláudia, você vai ser o meu presente. Isto é, se você for". Ela riu, saída da aula, já ia entrar no carro da mãe e só falou: "Claro que eu vou. Essa festa promete um bocado", e me deu um beijo no rosto, delicioso, incrível beijo, o nariz encheu de bolinha de suor e eu fiquei fazendo tchaaaaaaaau com a mão um baita tempo.

27 DE AGOSTO

ATÉ AQUI EM CASA, no fim das contas, minha euforia está contagiando o pessoal. Não que pai ou mãe vão dar o braço a torcer, não é isso. Mas de tanto eles ouvirem meu papo no telefone, de tanto eles me verem pesquisando preço de bufê, indo na casa do Samir pra ver limpeza (até pintar a garagem! Se não fosse pela festa, nem *pagando* eu pintava parede), acabaram por ficar mais animados.

— Vocês é que estão vendo dinheiro, mas, se precisar... Não está faltando, o que...

Aproveitei e dei uma facadinha no velho. E, na mãe, dei uma chorada pra roupa nova. Ela aceitou, mas depois tentou barganhar:

— Se vai taaaanta gente assim, por que você não fala com seu primo, o Valtinho? Ele também é moço, solteiro...

— Ah, mãe. Não dá. Vai só o pessoal da escola, se eu convido o primo, ele não conhece ninguém, fica o tempo todo grudado em mim. Não, não. É só quem se conhece.

Acho que ela ainda não acreditava tanto assim.

— E a família de seu amigo; Samir, não é isso? É na casa deles, não vai ter parente...

— Vai ser na garagem, mãe. Isolada da casa, não vai ter parente. E, se tiver, nem fica na festa.

Mãe assinou um cheque pra roupa, ainda pensando se valia a pena fazer mais alguma chantagem.

— Quer que eu vá junto comprar a roupa?

— Não, mãe. Eu vou numa loja que o Roger falou, não é careira, mas só tem coisa jovem.

— Jovem, jovem! Vê lá, não aparece aqui ridículo, todo de roxo com abóbora.

Roxo com abóbora era o máximo que minha mãe podia imaginar de horroroso. Se ela soubesse que até andava na moda!

31 DE AGOSTO

E ACONTECEU. Alguma coisa dentro de mim dizia isso desde o começo, o pavor; pavor, não, a tragédia. A tragédia vinha correndo atrás de mim, e como sempre veio e tinha de aparecer, tinha. E foi hoje.

Logo cedo, a segunda aula mal tinha começado, apareceu o inspetor na porta:

— O aluno Gustavo Muramatsu. Telefonema na diretoria. Pode pegar também o material.

Se fiquei gelado ou quente quando ouvi isso, eu não sei. A classe ficou quieta-quieta, como se também tivesse sentindo a Tragédia entrando pela porta, falando pela boca do homem. E eles, que sempre gozam, "Esqueceu de pagar?", "Vai ver é suspensão", não, nem isso falaram. A cara séria, eu mal olhei uns e outros, só dei uma espiada com o rabo do olho pra Cláudia, ela também séria; o professor fechou a porta atrás de mim e os corredores tão compridos, os sapatos do inspetor fazendo barulho na minha frente, eu nem perguntei o que era, ia atrás dele como se fosse um preso ou como se andasse por um lugar completamente desconhecido, como se a escola não fosse a minha, como se a cidade, as paredes, o mundo fossem outros.

Fiz um sinal de cabeça pro diretor, ele me apontou o telefone. Eu:

— Alô?

Era meu pai. A voz dele vinha de longe, longe mesmo, e eu senti assim que ia ficando cheio de vazio, se é possível isso, mas fui ficando lotado até o último fio de cabelo com vento, com vazio-vazio-vazio.

— Gustavo, é a *Obaasan*. Vovó está no hospital. Ficou doente e veio pro hospital. Agora escute, escute direito, Gustavo: passa em casa, pega as roupas dela, pede pra empregada ajudar a separar, e vem pra cá agora. Ela vai ficar internada. Anota o endereço...

Eu não fiz pergunta, era uma ordem, daquelas a que não se pode responder, não pode perguntar, o vazio-cheio me fazendo segurar muito firme a caneta que o diretor me passou e com letra muito firme anotar o endereço e colocar o telefone no gancho. O diretor ainda disse "Se você quiser, eu peço pra alguém levar você", e respondi, muito sério ainda, que não precisava, eu morava perto e depois pegava um táxi.

Eu saí, o vazio-cheio dentro de mim o tempo todo, a cidade inteira parecendo estranha, uma cidade fantasma, mesmo que todo mundo corresse pela rua e os carros também e fosse hora do *rush*, mas estava tudo vazio, porque EU era o único vazio, o único tão machucado. E me pareceu louco, muito esquisito, porque parecia uma obrigação que todo mundo estivesse triste e vazio como eu. "*Obaasan* no hospital", na minha cabeça, a cada passo que eu dava. "E se ela morresse?" Me bateu o frio, a faca, cortando o vazio todo. "E se ela morresse?"

— Gustavo...

Dinalva de olho vermelho, toda nervosa, na porta de casa. Entrei devagar, não queria perguntar, não queria saber o que era, eu tinha uma missão, e de repente essa missão era o que podia existir de mais importante. Só falei "Vou pegar a roupa de *Obaasan*", e subi pro quarto. Ela ainda perguntou se eu queria um café, eu disse que sim e fui subindo as escadas enquanto a Dinalva ia pra cozinha.

No quarto dela, não deu mais.

Não deu mais, e agora de tarde, escrevendo tudo isso, estou chorando de novo. Merda-merda-merda, estou chorando de novo, e como é que dá pra escrever tudo o que a gente sente, assim? Chegar no quarto dela, cada vez menos eu vou ali, eu visito ali, o quarto dela. Foi abrir a porta e sentir o cheiro de incenso, e antes mesmo de procurar a roupa fui direto pro *butsudan*, o santuário budista, onde vovó reza tanto, e vi o incenso pela metade. "Coisa de mamãe", eu pensei, porque ela ou mesmo o pai acho que acenderam o incenso e devem ter rezado pela saúde de *Obaasan* antes de saírem de casa. E o cheiro de incenso, a comida na frente do *butsudan*, que Yuki troca todo dia, em memória do avô Eiji, e o *odyuzu*, o terço, ali perto. E veio um frio, aquilo era tão catedral, tão misterioso, e se de repente fosse eu, ou papai, que tivesse de pôr comida pela alma de vovó, pelos antepassados? Eu tinha antepassados, nunca pensei direito nisso, mas *Obaasan* era meu passado, era aquele Japão de que eu nem queria saber, mas era. E, perto da cama, o retrato do imperador que ela tanto admira e eu tanto brigo com ela "por essas bobagens". E com o cheiro de incenso o tempo todo no meu nariz, abrir a camiseira, que coisa louca, mexer nas roupas de *Obaasan*, não eram *só* as roupas, era a vida dela ali dentro: separar camisola, blusa, vestido e ir achando o *ôbi*, a faixa do quimono, meio comido de traça — roupa do casamento dela? Um livro em japonês, velho, com um desenho de moça sorridente logo na capa; uma flor murchinha e amassada debaixo do livro. E olhar pro outro lado, o olho já cheio de lágrima, e reparar naquilo que a gente vê todo dia, mas nunca repara, o *zori*, o chinelo de palha, que ela sempre usa, embaixo da cama. A cama desarrumada, a velha Yuki estava dormindo ali, e podia nunca mais acordar, e fui ficando mais e mais comovido, revirei outras gavetas, lenço, calça, remédio, passaporte amarelado, um punhado de fotografias preso com elástico; abri o pacote, fui olhando: eram parentes do Japão e nós, o papai e tio Kenji, ainda no tempo de colégio; casamento de tia Adelaide, já na Igreja católica; os primos Válter, Carlos; foto do Pedro quando era bebê e eu, naquela fotografia de cinco anos atrás, quando pesquei um pintado de 3 quilos e eu ria, lembrava daquele dia, a avó também, era tão doido, tão maluco pensar como ela gostava da gente, como ela podia querer demais a gente; e eu fui chorando-chorando, de mansinho, só lágrima muito quente descendo pro queixo, apertei a boca, apertei os olhos, as lágrimas pulando dos meus olhos até os óculos pararem elas, e fui soluçando e fui mordendo, porque ela gostava tanto da gente, eu era tão pouco paciente com ela, e como é que podia? Como é que eu era tão egoísta? Mas no fundo da minha cabeça havia *outro* pavor e aquilo tinha ficado lá, latejando, desde que o inspetor apareceu na classe, enfiando essa ideia besta bem no fundo da cabeça, mas a frase, só uma frase "E o meu aniversário?" cutucava, martelava pra sair, "E a festa?" e eu esquecia de novo, e vinha de novo a ideia, como se alguém falasse comigo: "Se avó morre, tem festa?". Sua besta, sua besta, será que existe alguém tão egoísta, ingrato e safado como você? Porque é nisso que eu ficava — QUE EU FICO — pensando, e ver que *Obaasan* gosta tanto da gente, e eu sou um idiota, ela no hospital, e se ela morre e sabe lá se volta.

Parei de escrever antes porque ensopei toda a folha, comecei mesmo a chorar. E, depois, papai chegou do hospital.

Deixa resumir: *Obaasan* teve um princípio de infarto, começou a sentir dores, eles levaram ela logo pro hospital e agora ela está na UTI. Fica lá pelo menos 24 horas.

Nunca vi papai desse jeito. Mãe está do jeito dela, ela já é nervosa e, quando tem alguma coisa séria, não consegue parar um minuto: vai, volta, pega uma coisa, esquece outra, liga tevê, desliga, vai até a porta, o telefone, a cozinha e fica botando todo mundo irritado. Papai, não. Fala baixo, sério. Age devagar. Ele só parece mais alto. Reto, tão reto com as costas e tão duro com os braços, parece que ficou mais alto.

Falou, contou das explicações do médico, que por enquanto não se sabe se é preciso operar, falou tudo. Depois olhou bem pra gente — não sei, me pareceu por um instante que os olhos dele estavam vermelhos também — e deu de novo as ordens, do mesmo jeito que de manhã:

— Amanhã o Pedro vai pra escola. A Dinalva toma conta de tudo, leva ele. Você — falou com mamãe — vai comigo até o hospital. Já avisei na firma que eu não vou. E você, Gustavo, fica aqui em casa. Tio Kenji chega de manhã cedo.

São três horas, madrugada, desde às seis da manhã eu estou de pé, mas parece que o dia desapareceu, que não fiz nada, o sono não existe, a minha vontade era continuar escrevendo, era ir até o santuário e acender outro e outro incenso, se é que é verdade, mas pedir que este dia não existisse, tudo isso fosse um grande pesadelo, não quero chorar nem ficar triste, o Pedro dorme que é um cavalo, a casa está quieta, e amanhã eu gostaria de levantar com *Obaasan* mexendo nas panelas e que tudo fosse um dia, um sonho, um pesadelo.

1º DE SETEMBRO

ACORDEI COMO SE VIESSE do fundo de um poço, um poço tão escuro que, quando eu abrisse os olhos, a luz me machucaria a vista, sabe? E de repente estava diante de tudo aquilo outra vez. Não foi pesadelo.

Tio Kenji e tia Rosa chegaram lá pelas oito horas, papai e mamãe já tinham saído pro hospital. Foi Dinalva quem me acordou, a cara da tia Rosa atrás dela, um choro gritadinho como se ela forçasse pra mostrar dor, uh-uh-uh e um "Oh, Gustavo!" e apertava os dedos, eu nem sabia o que falar, a avó morreu? Foi isso? A avó...

— *Obaasan!* — gritei.

— Tudo bem, Gustavo. — Tio Kenji logo atrás dela. — Seu pai já foi pra lá, ela vai ficar boa. Vai, sim.

O pesadelo continuava. Mas vó Yuki estava viva, ela ia ficar boa, tinha.

Depois foi correria, fui tomar café com os tios, o Pedro dormiu até às onze, Carlos não pôde vir, provas na faculdade, chegava no fim de semana, como é que foi? O que eu sabia? Falei pouca coisa, no hospital a gente nem podia chegar perto de *Obaasan*, e eles foram também pro hospital, eu continuei aqui; aqui, guardando o quê? Fazendo o quê? Queria ir também, mas acharam melhor alguém ficar, pra atender telefone, alguma emergência, buscar alguma coisa. O pior é ficar esperando, mas esperando o quê?

O maldito telefone não tocou. A casa quieta-quieta, a Dinalva nem ligou o rádio a manhã inteira, eu também nem conseguiria ligar tevê, som, nada, porque dá a impressão de que qualquer coisa que lembre uma quarta-feira normal e tranquila não pode existir, o mundo lá fora não existe, tem só minha avó, minha *Obaasanzinha*, doente no hospital, a nossa dor e eu, guardando o que, aqui dentro, sozinho? Sofrendo-sofrendo-sofrendo...

Mamãe e tia Rosa vieram almoçar, papai e tio Kenji ficaram no hospital. Conseguiram pelo menos ver vovó, na UTI. Mas ela estava dormindo, só deu pra ver mesmo.

— O médico falou que está melhor. Acho que amanhã já pode receber visita.

Eu mal comi, tia Rosa e mamãe também, só o Pedro é que almoçou bem, e fiquei com uma bruta raiva dele, de repente era como se ele fizesse algum sacrilégio, comendo igual a um cavalo e com aquela cara animada, parece piquenique, novidade, o quê?

Mas não briguei com ele. Eu quase desprezava o Pedro por ser tão criança, tão bobo. Não entender nada do que estava acontecendo: idiota, será que ele não pensava que vovó podia morrer?

E eu? Não pensava na festa, cretino? A festa, a festa. Vontade de bater na minha cara, cuspir na minha cara.

Agora de tarde o telefone tocou pra diabo. Ligaram da diretoria da escola, eu expliquei tudo, direitinho e tal. Se ofereceram pra ajudar, até falaram em abonar minhas faltas.

Ligou um amigo de papai, o Nélson. Também ofereceu ajuda.

Ligou Jorge, que também é sansei. Lá da minha classe. Claro, como bom japa que é, cê-dê-efe, falou que me passa a matéria atrasada. "Para eu não me preocupar." Idiota. Acha que eu estou morrendo de preocupação por dois dias de matéria?

Ligou a Claudinha:

— Gustavo? Aqui é a Clau. Que coisa, hein? Sua avó está melhor?

Falei tudo, sei lá. Tipo relatório, cópia do que eu sabia.

— Ai, que chato... O ano passado minha mãe ficou internada. Apendicite. Foi horrível, eu... Bem, a gente se preocupa, né? Quantos anos ela tem?

Falei: 78. A Clau fez um "aaaaah" cheio de significado. Será que ela também podia pensar coisa do tipo "Já está velhinha. É nesta que bate as botas"? Não, a Claudinha ligou, poxa. Está preocupada, puxa vida, eu precisava aproveitar a chance, eu...

— Sabe, não sei se vou amanhã na escola. Estão precisando de mim. Você me faz um favor?

— Claro, claro.

— Copia a matéria pra mim? Eu pego com você, depois. E se eu tiver alguma dúvida, se você puder explicar, vou na sua casa, sei lá.

— Tudo bem... Não sou assim tããããão boa aluna, tem matéria que eu mesma não entendo direito, mas tudo bem.

De noite, quem ligou foi o Rogério. Mas aí foi uma merda.

Papai e titio voltaram lá pelas oito horas, o médico dispensou eles. O período crítico tinha passado, 80% de chance de recuperação. Parecia que não era desta vez que a velha Yuki iria embora. Um clima mais leve, mesmo assim a canseira nos olhos de todo mundo. Só o Pedro, feito um bobo, correndo pela casa com patins e vendo tevê. O resto, todo mundo na copa.

Tocou o telefone. Um olhou pra cara do outro. Meu pai levantou, decidido, a gente se perguntando por dentro "Notícia ruim?", a voz dele do mesmo jeito das ordens:

— Alô?

E voltou pra mesa: "É pra você, Gustavo. O Rogério".

Eu levantei, ainda vi a cara que minha mãe fez, fui até o telefone e ouvia o que ela dizia pro meu pai:

— Só falta Gustavo vir com história de festa. Tudo *gaijin*, fazer farra. — E foi contando pros tios, do pior jeito possível, sobre o baile de aniversário, e eu ouvia o Roger com uma orelha, a outra ardendo de ouvir o que eles falavam.

Foram as coisas de sempre, se precisava de ajuda, se tudo bem, quando eu ia pra escola, e tal.

Cheguei na mesa, a conversa parou. Sentei. Todo mundo calado. Também não disse nada sobre o Roger. Eles lá iam entender? Será? Será que algum dia na vida eles vão entender o que é um amigo?

2 DE SETEMBRO

HOJE FOI UM DIA SUPERCORRIDO, só agora consegui ficar sozinho. De manhã fui fazer a feira pra minha mãe e pagar umas contas no banco. No almoço, tio Kenji chegou todo animado e disse que vovó já pode receber visitas. À tarde, fui com ele pro hospital.

Sabe, eu ficava alegre, superalegre, sentado ao lado do tio Kenji, que dirigia o carro de mamãe. Eu tinha umas ideias malucas, do tipo comprar flores, levar bombons pra vovó. Era como se não bastasse falar coisa assim "Gosto da senhora", mas tivesse de mostrar isso, quem sabe com as flores, com os doces. Mas no-fundo-no-fundo, na minha cabeça, vinha também uma esperança de que tudo aquilo fosse um sonho ruim, perto do final, e que logo logo eu iria acordar e descobrir que *Obaasan* estaria em casa, fazendo as coisinhas dela, e, se tudo voltasse ao normal, minha festa de aniversário saísse e a vida toda entrasse de novo nos eixos.

Yuki branquinha e sem dentadura, lá no fundo da cama, o braço furado por soro, o cabelo amarrotado atrás do rosto.

— *Oniisan.* — E sorriu. Devagar, simples, mas sorriu.

Meus olhos vermelhos, as lágrimas ficando presas na beirada dos óculos.

— *Obaasan...*

E o que se pode dizer? Ela me olhava de um jeito, mas de um jeito... Saudade? Alegria? Carinho? Nunca-nunca ninguém me olhou desse jeito da vovó, e ela me estendeu o braço, segurou minha mão, a mão dela era fria e não apertou, que vontade de falar, perguntar sobre o Japão, sobre os sentimentos dela, sobre as fotografias — a gente era tão importante assim pra ela? Eu, na pescaria? O Pedro, bebê? Os tios? Mas eu ficava feito bobo, incomodado e alegre segurando a mão dela, e vovó me perguntou da escola.

— Não fui — respondi.

Ela me passou uma bronca: contente de me ver, mas não era certo. Precisava ir, não podia perder o ano, ela já estava bem, pra que tanta preocupação, ia logo pra casa...

E agora estou aqui em casa, ainda é cedo, dez horas. Mamãe vai passar esta noite com vovó no hospital, amanhã fica tia Rosa no quarto. E papai já me impôs a escola amanhã. Preciso dormir. Acordo cedo, a vida continua, e o desgraçado do Pedro está chorando porque quer ver o filme da televisão até o fim. Boa noite.

3 de SETEMBRO

HOJE EU FUI A ATRAÇÃO DA CLASSE. Todo mundo queria saber por que faltei (quem não sabia). Quem sabia, queria notícia da minha avó. E me senti engraçado, meio alegre, porque de repente ficava importante, mesmo que fosse por um motivo ruim, mas era *eu* que tinha vivido uma experiência diferente, marcante. E ficava lá, de cara séria, repetindo o que ouvi dos meus pais, detalhes técnicos sobre infarto, ênfase na ajuda que precisaria dos amigos, sobre as matérias que perdi.

Samir chegou pra mim no recreio:

— Olha, poxa... Escuta, Gustavo. Sabe o que é, eu... — Ele olhava pra baixo, pra cima. Gaguejava.

Rogério de olho na gente, lá do café. Desviou o rosto quando percebeu que eu olhava pra ele. Samir continuou:

— Escuta, Gus. É superchato falar isso. Eu... bem, nós, o Roger e eu... — E olhou pro Roger.

Fui gelando. Eles iam me tirar da festa, era isso? Iam perguntar se eu ia ou não ficar na festa? O frio-frio na minha barriga, tinha acabado de comer um sanduíche, que ficou revirando e voltando na minha barriga. O Samir respirou fundo, bem fundo, olhou de novo pro Roger, que fingia não ver a gente.

— Bom, a gente ficou preocupado, Gustavo. — E aí ele levantou os ombros, voltou a me olhar bem na cara, a falar sem gaguejo. — Sua vó já está melhor, é isso? Você acha que ela volta logo pra casa, tudo bem?

Repeti pra ele aquele discursinho que já sabia de cor, o estado de saúde, os cuidados com infarto, os detalhes técnicos sobre cardíacos. Ele ouviu muito sério e concluiu "Tudo bem, então. Se precisar...", e vi o Samir indo depois até o Roger, os dois gesticulando e, bem, se ele ia dizer alguma outra coisa, mudou de ideia. Se era pra perguntar da festa, eu também não saberia responder. Graças a Deus, ainda tenho amigos. Eles não iam me abandonar numa hora dessas.

Agorinha mesmo chegou o Carlos. Veio de avião, porque segunda-feira ele tem de estar em Belo Horizonte, novas provas na faculdade. Não parecia tão preocupado nem demonstrava dor como tia Rosa. Veio do mesmo jeito de sempre.

— Fala, Gustavo. Muito corre-corre por aqui? — E foi comer um sanduíche, abriu a geladeira, se serviu de uma lata de cerveja.

O restante da família ainda no hospital, até o Pedro conseguiu uma permissão pra ver vovó. Gozado, mas se misturava dentro de mim um contentamento de encontrar de novo meu primo e uma sensação de raiva, irritação, porque ele *deveria* demonstrar dor, e não, ele ficava bebendo cerveja com a mesma cara animada de sempre. Me lembrou o Pedro, não sei por quê, mas uma coisa infantil; ou era maliciosa, ruim?

— Quer um copo?

Maior tentação de aceitar, mas ergui os ombros, do jeito que vi meu pai fazendo esses dias todos, e falei, solene:

— Não.

Ele terminou a cerveja, sentou à mesa da cozinha, mastigando o sanduíche.

— É... a Yuki. Tá com 78 anos, né? Será que vovó chega nos 80?

— Claro que chega.

Escorria gelo do que eu falei. Carlos ergueu os olhos, deu um quase sorriso. Ele não se importava com vovó. Ou ele era meu cúmplice, por isso não usava a "máscara da dor" comigo? Eu mesmo, um grande sem-vergonha, não tinha pensado na festa de aniversário o dia inteiro? Hein?

— Senta aqui, Gustavo. Vai. Ou você vai ficar de pé o tempo todo?

Sentar, eu sentei. Mas a conversa não foi mais longe que isso.

Agora ele foi tomar banho, estou ouvindo um carro na porta, devem ser os tios. São eles, sim, já ouvi os gritos do Pedro. Acho que não vou ter jeito de escrever mais hoje, o Carlos vai dormir no nosso quarto. Tchau.

5 DE SETEMBRO

ONTEM O DIA FOI TÃO CHEIO que nem deu pra escrever. E só agora, pra lá de meia-noite, com o Pedro dormindo e todo mundo dormindo, consegui acender o abajur e escrever, depressinha.

Não dá pra contar tuuuuudo. Ontem cedo chegou tia Adelaide, não veio com o marido nem as crianças, eles moram longe, e o mercadinho deles abre no sábado até tarde. Então fomos todos visitar vovó no hospital e, como era muita gente, nos dividimos em duas turmas de visitas.

Primeiro entrou tia Adelaide e a família do titio; eles resolveram voltar pra BH hoje, junto com o Carlos. Depois fomos nós. Eu queria matar o Pedro. Ele estava mais interessado na cama sobe-desce do que na vó Yuki. E só falava abobrinha, meu Deus: se a comida do hospital era boa, se o soro não doía no braço dela, coisas assim. Ela respondia, e até bem alegre. Eu queria esganar o Pedro, mas, no fundo, acho que não fiz perguntas melhores que as dele.

Bom, depois que voltamos, não consegui muito tempo pra falar com o Carlos. Ele foi comprar cigarros e perguntou se eu queria ir junto. No caminho, perguntei da Karen, ele falou que tudo bem. Não tive coragem de perguntar se eles iam mesmo "se juntar" no fim do ano.

E, hoje, nós fomos no hospital de manhã, depois almoçamos num restaurante e levamos os tios até o aeroporto. O idiota do Pedro imitou avião o tempo todo, eu ainda vou rachar a cabeça dele em duas, juro que vou, e tia Rosa me pediu muita paciência, falou que eu era sério, ajuizado, estava ajudando bastante e tal. O Carlos botou uma cara engraçada o tempo todo que ela falou isso, e percebi: tudo aquilo que ela me elogiava, no fundo, era pra ferrar meu primo. Mas ele não pareceu se importar muito.

Tia Adelaide também foi embora agorinha de noite, a gente levou ela até a rodoviária. Depois nós voltamos, e a mãe, meio sem jeito no começo, depois até mais confiante, ligou a tevê. Esses dias todos a gente sem tempo, depois sem jeito de ligar a televisão. Mas primeiro ela começou a assistir. A Dinalva apareceu logo em seguida, porque nesses dias ela ficou de plantão na nossa casa, direto. Quando o pai sentou na sua poltrona favorita, peguei também o meu lugar. É quase igual antes, menos pela poltrona vazia de vovó, onde ninguém teve coragem de sentar. Está esperando por ela, é dela. Era quase como se a velhinha também estivesse conosco.

8 DE SETEMBRO

QUE BOM. QUE ALÍVIO. Que alegria.

Foi o seguinte: fui pra escola, e tal. De tarde, eu e mamãe fomos até o hospital. Papai hoje foi trabalhar, só agora de noite ele ia passar no hospital.

Vovó Yuki parecia melhor, tinha colocado a dentadura e penteado os cabelos. Primeiro a gente falou o mesmo de sempre, se ela estava melhor, como é que eu ia de escola. E, pela primeira vez, ela perguntou pra MIM, pra mim mesmo:

— *Oniisan*, logo, logo aniversário?

Não sabia se ela falava daquela festinha careta que a gente faz todo ano ou se ela sabia e perguntava da MINHA festa. E a dúvida: e se eu pensasse que era a careta e confirmasse minha desistência do baile; ou se eu falasse que ia ter o baile e ela ficasse ressentida comigo, tipo "Eu aqui morrendo e esta besta comemorando"? Debaixo do braço, a manchona de suor. A cara vermelha. E a gagueira:

— *Obaasan*, sei lá. Eu, bom, acho...

Vovó foi genial. Mãe logo ali, ouvindo:

— Já sei, já sei. Gustavo e Gustavo-*no-tomodati* (isso queria dizer meus amigos, do Gustavo) fazer festa na garagem. *Oniisan* tem dinheiro? Yumiko ajuda Gustavo?

Minha mãe é que ficou sem graça, como é que se pode recusar alguma coisa pra alguém que quase morreu?

Ela continuou:

— Yumiko, por que não faz pastelzinho pra festa? Gustavo-*no-tomodati* pode gostar, nê?

E aí elas danaram a falar em japonês. Vovó dizia pra mamãe fazer umas comidas pra festa, eu entendi ainda umas palavras do japonês delas, um "sim, senhora" e um "está certo", e fiquei sorrindo, ali, como se entendesse tudo, e não veio dentro de mim nem calor nem frio; o que escorreu pelas veias todas foi alguma coisa morna e tranquila.

O pesadelo acabou. Acabou. Queria gritar ou chorar, ou me agarrar na mão mole e amarelada e beijar aquela *Obaasan*, *Obaasanzinha* do meu coração.

9 DE SETEMBRO

VOLTEI AGORA DA CASA DA CLAUDINHA. Ontem eu expliquei pra vovó que não ia hoje no hospital, precisava ver a matéria dos dias faltados. E já que ela, o tempo todo, ficava pegando no meu pé pra eu não me prejudicar na escola, foi a primeira a incentivar:

— Vai, vai, *Oniisan*. Perder ano, no.

E eu fui. Não sou bobo, porque, se dissesse que tinha dúvidas em física ou matemática, a Clau podia dizer que ela também era fraca nessas matérias. Então eu disse que minhas dúvidas vinham de história e biologia; ela tira a maior nota nessas matérias, não dava jeito de dizer não.

Foi o de sempre: Nick me babando no calcanhar, a empregada rodeando, a mãe toda perua, indo pra shopping ou coisa assim. Mas a Claudinha, numa calça jeans superapertada, e as covinhas de risada, e o chinelo de dedo mostrando as unhas pintadas de vermelho, era aquela minha alegria de sempre.

— E a sua avó, como é que está?

Passei a ficha técnica, solene. Ameacei um chute discreto no Nick quando ele tentou se agarrar na minha perna. Não sei se a Cláudia percebeu, mas botou o cachorro para fora da sala de estudos, fechou a porta.

— E o aniversário, Gus? Então vai sair mesmo.

E a gente falou da festa, da escola, um pouco eu elogiei o Samir e o Roger. Ela concluiu, no fim, "Que legal". E depois lição. Fui aluno obediente. Só de poder olhar-olhar-OLHAR pra cara dela, sem nenhuma distração, sem nada pra se intrometer entre nós dois, era algo assim perto do paraíso, de total prazer, de fascinação. Claudinha, Claudinha. A minha festa de aniversário. E faltam apenas 16 dias pro grande dia.

10 DE SETEMBRO

"[...] AO SENTIR ESMAGAREM-SE no seu largo e peludo colo de cavouqueiro os dois globos túmidos e macios, e nas suas coxas as coxas dela, sua alma derreteu-se, fervendo e borbulhando como um metal ao fogo, e saiu-lhe pela boca, pelos olhos, por todos os poros do corpo, escandescente, em brasa, queimando-lhe as próprias carnes e arrancando-lhe gemidos surdos, soluços irreprimíveis, que lhe sacudiam os membros, fibra por fibra, numa agonia extrema, sobrenatural, uma agonia de anjos violentados por diabos, entre a vermelhidão cruenta das labaredas do inferno."

Uau! Não é um negócio? Não fui eu que escrevi, é do livro escolhido pra ler nas aulas de literatura: *O cortiço*.

A professora falou um bocado, disse que Aluísio Azevedo é autor do realismo, contou do excesso de descrição, dos conflitos entre terra natal e país tropical, foi lá com a aula. O Roger cochichou na minha orelha se eu já tinha lido. Eu falei que não. E ele: "Eu li. Esse é quente".

Quente, quente... como, quente? E comecei a me interessar mais pela aula, ontem mesmo comprei o livro, é só pro mês que vem, mas já quis ler. E estou aqui, sem parar, já quase no fim. O trecho que eu copiei é do capítulo XV, e tem umas coisas no livro que são, olha, um negócio!

Não posso dizer que nunca li sacanagem, que nunca vi revista masculina, isso eu até vi, mas num livro *de escola*? Na escola, os livros têm de ser sérios. Pra não dizer chatos. Ficar lendo aí *Vidas secas*, aquela miséria desgraçada, aquela fome. Ou *A moreninha*, eu achei a moreninha da história uma idiota total, aquele juramento de criança, nunca vi criança fazendo juramento de amor, é mais fácil menino dar porrada na menina do que trocar presentinho com ela.

Então, pra mim, livros da escola eram essas porcarias, e vem o Roger e fala que este era "quente". Quente e era de escola? Então ficava liberado? Eu podia ler um livro desses aqui, na sala, na frente da mãe, da avó, que tudo bem? Era da escola, então podia? Só que achei o livro um negócio, estou lendo direto: como todo mundo se pegava, se beijava, se agarrava naquele cortiço! Parece que lá o pessoal inteiro só pensava em sexo.

E eu tive um sonho maluco, sei lá se era sonho, mas foi dando um frio assim na barriga, eu enxergava não a Rita Baiana dançando na festa, mas a Cláudia, com aquelas saias rodadas e braços nus, e eu me via, melhor, não era bem eu, japoronga, cheio de espinhas, era eu, mas era o Jerônimo do livro, daquele jeito que o Aluísio descreve ele, tão alto, eu era mais alto que o Samir; tão forte, mais forte que o Nando, de educação física, peito e barba peluda, tipo assim o Gregório, de história. E eu ficava lá, forte, alto, um homem, mas inteiramente possuído por aquela mulher dançando, aquela mulher que "soltava um gemido prolongado, estalando os dedos no ar e vergando as pernas, descendo, subindo, sem nunca parar com os quadris", o coração enfeitiçado e a alma me saindo pelos olhos, e a Rita Baiana, que era a Claudinha, me provocando e gemendo enquanto dançava, e nesse meu sonho — era sonho? — ia imaginando o resto do livro, eu enfrentando o homem dela, enfrentava à faca com maior valentia, a Cláudia-Rita gritava "Nããããão", e eu todo ensanguentado, ela me alisando o peito, me curando os ferimentos, como aquele banho que a Rita deu no Jerônimo, e eu estava nu, como o português estava, e ferido, e ela me alisando o peito, "carícias de fera, carícias de doer, fazendo estalar de gozo", e as mãos dela eram como de fada, "uma vontade desenfreada de senhorear-se no mesmo instante daquela mulher e possuí-la inteira, devorá-la num só hausto de luxúria".

Bom, o despertador tocou, não ouvi, acho que misturei o alarme do relógio com os gemidos que Cláudia fazia na minha orelha, virei e revirei na cama e acabei molhando a cueca, até sujando o lençol.

E fiquei súper sem jeito. Detesto quando acontece isso. Quer dizer, no sonho é bom, mas depois vem uma vergonha, sei lá, que mãe perceba, Dinalva perceba. E ainda por cima estava atrasado. Merda. O Pedro dormia, e já eram oito, oito e pouco. Ainda correr pro banheiro, pegar papel higiênico, limpar, buscar talco, ficar esfregando a mancha, o Pedro acordou:

— Que é que foi?

— Nada, nada.

— Você fez xixi na cama, é?

— Não te interessa.

— Foi, sim, deixa eu ver.

— Sai daí, seu bostinha! Fora!

E empurrei o Pedro, ele caiu, abriu o maior berreiro, ainda bem que mamãe está dormindo no hospital com a vovó, senão era o inferno, eu mesmo arrumei minha cama, ele no "Eu vou contar pra mamãe", e eu sem saber se explicava, consolava ele ou dava uma porrada de verdade (se é pra levar bronca, pelo menos que seja por um bom motivo).

— Pedro, o que foi, Pedro?

Era a Dinalva, batendo na porta. Só faltava essa! E ele:

— O Gustavo me bateeeeeeeu!

Agarrei os braços dele e falei baixinho:

— Olha, eu estava nervoso. Desculpa, tá? Eu tô atrasado pra escola, é isso. Trago um gibi pra você, agora para de chorar e não conta pra Dinalva.

Ele acalmou um pouco. Falei pra Dinalva que estava legal, a gente já ia descer e me troquei depressa-depressa pra pegar pelo menos as aulas depois do intervalo. O pestinha me desfalcou em um gibi, quando ele chegar da escola agora de tarde vai cobrar o presente. Bom, é melhor do que passar vergonha.

11 de SETEMBRO

MEUS TIOS DO INTERIOR VIERAM com a criançada pra visitar a vovó, a casa ficou uma bagunça. Eu acabei dormindo na sala. Mas é até melhor. Acabou de passar um filme na tevê, são quase duas horas da manhã e assisti, sozinho, até o fim.

O filme foi legal. Era antiquíssimo, história capa e espada, com um tal de Errol Flynn. Ele se fingia de pirata pra capturar os bandidos, ser aceito no bando e depois derrotar eles. Mas quem era o chefe dos piratas? Uma moça, uma moça bem bonita, e ele ficava todo apaixonado. Mas a peste da moça maltratou ele à beça, ela gostava do Errol Flynn, mas era durona. Só que no fim, como sempre, o amor venceu, e o filme terminou com um beijo, daqueeeeeeles beijos que duram minutos, tão gostoso... Como é que a gente faz pra dar um beijo de língua, fica passando a língua de um lado e do outro, primeiro é a vez de um, depois é a vez do outro? Ou é só o homem que põe a língua na boca da garota, e ela fica parada? Ou é tudo ao mesmo tempo, e se morde, e se aperta... Uau. Eu devo estar ficando maluco, só me passa sacanagem pela cabeça estes dias. Vai ver porque terminei de ler *O cortiço*.

O livro fica triste no fim. Não gostei. O idiota do Jerônimo acabou mais bêbado e folgado que os brasileiros, ele que era todo forte e valente e acabou se danando com a Rita. A Rita, também, saía com qualquer um. Não gostei. E o João Romão, muito do safado, acabou fazendo a Bertoleza se matar. Acho que o livro tinha de parar antes, quando o

Jerônimo e a Rita estavam se amando, e a Pombinha devia ficar com o marido dela. Eu não iria nunca terminar um livro com final triste; se eu escrevesse *O cortiço*, botava tudo muito legal, muito-muito legal.

Será que existe *nihonjin* igual o Jerônimo? Ou só português fica nessa de se misturar com negro, se enrabichar com mulata? Eu nunca vi japonês que larga a vida, vira brasileiro mesmo... Eu não quero ser camicase, como o pessoal goza, que se mata pra estudar. Mas também tem umas coisas que, sei lá. De vagabundo. De não ter nenhuma responsabilidade. Igual à outra empregada que a gente teve: o namorado largou ela com quatro meses de gravidez e foi embora. Nunca vi japonês fazendo isso, não consigo achar certo uma coisa assim. Se, sei lá, por exemplo, a Claudinha ficasse grávida, eu casava com ela, eu assumia tudo, porque, se a gente gosta e faz sexo, a gente tem de cuidar.

Primo Carlos. Escrevi isso e na hora lembrei dele. Se acontecesse isso, será que ele casava com a Karen? Ou ele nem gosta da Karen, só quer desfilar com ela, mostrar que é japonês e é baixinho, mas "Olha que namorada linda eu arrumei"?

12 DE SETEMBRO

HOJE FOI UM DIA TÃO LEGAL! O que é que meu pai iria falar se soubesse que o dia inteiro, na casa do Samir, a gente jogou baralho, bebeu cerveja, falou de sacanagem (isso eu conto já) e ninguém ficou me chamando de japoronga, mas eu era igual ao Roger, igual a todo mundo?

Dez horas da manhã eu já estava tocando a campainha da casa dele. E toquei-toquei; só quando a mãe do Samir veio atender, de penhoar, é que percebi que eles ainda estavam dormindo.

— Bom dia, dona Sumaia. O Samir...

— Pode entrar. Já acordei o Samir. — E me apontou a porta do quarto dele, no andar de cima. Bati na porta, bem de levinho.

— Entra, Gustavo.

— Oi, Samir. — Ele deitado, barriga pra cima, só de cueca. — Só não acende a luz, japa. Poxa, que horas são?

— Dez e quinze.

— Hum. É que eu fui dormir tão tarde ontem...

Ele todo à vontade, só de cueca, sem lençol nem nada, me recebendo como se eu já fosse um veeeeeeelho amigo, e eu lá, de pé, perto da porta. O Samir é peludo no peito, tem a minha idade, mas já parece um homem mesmo, não é como eu, que mal tenho fio de barba, sou magrinho, só tenho pelo mesmo na perna.

— O negócio é levantar. — Mas ficou sentado na cama, a cara toda amarrotada. — Senta aí. Como é, veio disposto a trabalhar?

— Na garagem? Mas é claro.

O quarto é suíte, a casa dele é bonita pra diabo, ele disse "Pode ir falando" e levantou, foi até o banheiro, deixou a porta aberta, Samir mijando e eu súper sem jeito, como é que ele ficava tão à vontade, como é que eu podia ir falando enquanto alguém mijava e ainda fazia pergunta "E sua avó? Tudo bem com ela?".

Comecei a discursar o que o médico tinha dito, e o Samir tirou a cueca — ficou pelado! — e pegou outra cueca, vestiu e eu falando. Mas como, eu nunca que ia ficar pelado na frente dos outros, claro que o pessoal fica na aula de educação física e tal, mas eu não, já vou com a roupa por baixo, mas vejo que uns e outros ficam à vontade. Na minha casa ninguém faz isso, só quando é criança e bem criança, eu ainda fico quase sempre de cueca, é difícil mesmo ficar pelado, até na frente do Pedro, que é meu irmão.

— Vamos tomar café? — Samir de short e camiseta, até que enfim.

Essa não foi a minha única surpresa, teve um monte. Quando a gente desceu, o pai do Samir é que estava fritando uma omelete, a mãe do Samir tinha ido até a padaria e era tão esquisito, imagine que meu pai ia fritar omelete, nunca. Talvez até fosse na padaria, mas olhe lá.

— O leite já está quente. Você quer café ou chocolate?

— Eu pego. Acho que também vou na omelete.

E aí o Samir atacou a geladeira, preparando uma omelete pra ele, e os dois grandalhões — o pai dele também é alto pra caramba — se acotovelando nas panelas, no fogão. Será que eles não têm empregada? Sei que o pai do Samir morou uns tempos nos Estados Unidos, lá parece que é difícil arrumar empregada, mas e a mãe dele? Os dois dividindo serviço da casa...

Depois o Roger chegou, a gente foi pra garagem, a NOSSA garagem está cada vez melhor. Eu tinha levado uns pôsteres, o Roger também. O Samir já tinha até pegado uns, com motoqueiro pulando fogo e foto de antigas estrelas de Hollywood.

— Tenho a maior tara pela Marilyn Monroe — falou Samir, apontando uma foto sexy da loiraça.

— Sei. Só você! — disse o Roger.

Olhei bem a foto, claro que achei ela bonita, mas era quase uma sacanagem pensar na Marilyn Monroe. Só a Claudinha era bonita, só dela eu podia gostar. Misturar outras mulheres era uma espécie de traição.

— Ontem eu saí com ela — contou Samir.

— Jura?

Roger, todo animado, sentou num caixote. O Samir tinha uma risadinha das mais sacanas.

— Ela quem? — perguntei.

— Iiiiiih, é uma história... Tem uma mulher aí, ela é separada e tá me dando a maior atenção, desde janeiro que ela vem me dando dica. É meio coroa, tem mais de trinta, mas bonita...

Deu uma estralada de língua, uma risada. Eu fiquei vermelho, ainda bem que o Samir estava mais virado pro Roger que pra mim. Na verdade acho que não queria ouvir, mas o coração começava a pular no peito, de sim, de querer saber mais e mais coisas.

E ele contou. Contou que a coroa levou ele de carro a um motel. A palavra, só a palavra *motel* já me parecia escandalosa, eu imaginava espelhos, cama redonda, sexo por todo lado. E ele falou que a mulher devia estar no maior atraso, ela é que provocou ele, deu uns detalhes, como é que ele podia contar uma coisa assim? Se eu saísse com uma mulher, imagine se fosse a Claudinha?, mas podia ser qualquer mulher, ia guardar bem pra mim tudo o que aconteceu, não era certo ficar falando dessas coisas sobre ela, eu achava. Mesmo que nem conhecesse a tal da separada, não era certo.

Mas não falei nada. O Roger ficava todo aceso e puxava detalhe, como era isso no corpo dela, como era aquilo. Se ela fez isso, se ela deixou aquilo. Eu ouvindo, ora sentia minha cara vermelha, ora eu ficava, acho, do mesmo jeito do Rogério, assim com o olho brilhando, apertando disfarçado as coxas, e o Samir falou-falou e, quando ele parou, ninguém conseguia dizer coisa alguma.

Depois de muito tempo, eu só perguntei:

— Mas você vai estar, sei lá, namorando com ela?

— Namorando? Ô Gustavo! É transa, é sexo. Ela é advogada, coroa. Imagine se eu quero me amarrar. Mais umas saidinhas e tchau. Namorar, ficar, eu quero com uma gatinha...

— E por falar em gatinha...

O Rogério ia começar a confidência, mas a mãe do Samir apareceu, a gente foi almoçar, a conversa parou aí.

Nossa, já é uma hora! Amanhã acordo às seis, eu tô ferrado. Tchau, deixo pra contar o resto depois.

15 DE SETEMBRO

MINHA VÓ SAIU DO HOSPITAL. Meu pai foi buscar a velhinha hoje, e eu não sei, todo mundo muito contente. A Dinalva com o radinho no último volume, agora de tarde. O Pedro insistiu tanto que faltou na escola. Mãe colocou um vestido novo, e eu fiquei todo bobo, o tempo todo fingia que via tevê, mas de ouvido em qualquer carro que parasse por aqui.

Chegou. Veio andando, devagarinho, segurando no braço do meu pai. A velha Yuki. Deu uns passos, parou bem no meio da sala, olhou tudo em volta, como se por um momento achasse que nunca mais ia ver a casa de novo. Eu senti que meu olho ia avermelhando, comecei depressa a falar um monte de coisa, é o meu jeito quando fico nervoso, a *Obaasan* acenava com a cabeça.

— Para o quarto, mãe.

O meu pai ajudou devagarinho a minha vó a ir até o quarto, todos nós atrás deles, ela olhando as coisas daquele jeito, um sorrisinho muito fino, os olhos meio cansados, mas tão brilhantes, muito mais que vendo a casa, sentindo. Sentindo que de novo tinha voltado, ainda pertencia à família, à gente.

16 DE SETEMBRO

— É HOJE. E a gente bem podia estrear a garagem, hein? — disse Samir logo que nos encontramos na escola.

Na hora, todo sonado, nem entendi. O Roger é que se tocou:

— Aaaaah, sei. É aniversário dos três, meu. Não é só o seu. Combinou, tá combinado.

O Samir abriu de leve a mochila, mostrou uma garrafa de vodca lá dentro.

— Pelo menos começar hoje... — E me deu uma cotovelada.

O Roger riu:

— Agora? Não é muito cedo?

— Então depois do intervalo, a gente cabula a aula. Fechado?

Nem sabia bem o que eles queriam fazer, mas disse que tudo OK. Vi depois um monte de papelzinho passando pelas carteiras, pra cá e pra lá, a Clea virar pra trás e dar risada, um papel sobrou na minha mão: "No intervalo, na esquina do *snooker*. A gente vai no zoológico".

Uns 15 minutos antes do combinado, eu já estava lá na esquina. Sozinho. Era lá mesmo? Fiquei nervoso, lembrei do Lin, do Jorge, do Marcos polonês, do Yun. Lembrei das nisseis, Cíntia e Ana Cecília. Todos cê-dê-efes, pensei. Então por que eu também me sentia meio humilhado de ir junto numa farra quando devia estar na escola?

Tudo isso passou quando vi quem começou a subir a rampa. Logo quem: a Claudinha.

— Oi, Gus. — Um beijo-beijo-beijo no rosto. — E o resto do pessoal? — perguntou, olhando em volta.

Eu sem saber o que dizer, sei lá do pessoal. Tinha mais alguém?

Aí o Samir pintou na outra esquina, correndo, sem camisa, e ele ria, agarrou a Clau pela cintura e rodou ela, a Clau gritando "Nããããão, Samir", mas bem que dava risada, e ele estalou um beijo na bochecha dela.

O Roger, o Edu e a Clea chegaram quase na mesma hora. Então o Samir deu um abraço tão forte na Clea como tinha dado na Clau, meu peito parou de pular, eu, que tinha olhado pra baixo e pro céu, tão sem jeito, quando ele estava girando a Claudinha, mas tudo bem, era o aniversário dele, quando for o meu aniversário eu também vou ficar tão contente que faço maluquice de rodar e beijar a Claudinha.

— Japa, vambora!

E foi tanta maluquice no zoológico, tanta bagunça, dá pra contar tudo assim? Vi macaco, vi anta, vi leopardo. Sei lá, eu queria mesmo era ver um jeito de eu ficar sozinho com a Clau.

— Estou morta de fome! — berrou a Clea. — Quem é o cavalheiro que vai me pagar uma coxinha?

— Pegar na coxinha? — falou o Edu, fingindo agarrar a Clea. — Pegar na coxinha eu quero.

— Cretino — ela riu. — PAGAR. Quem tem grana?

Grana, é mesmo. A gente começava a ficar com fome, e as meninas não tinham quase nada. O Samir se garantiu, adiantou a mesada, mas não ia dar pra todo mundo. O Roger e o Edu com pouca coisa. Eu tinha o dinheiro da apostila de química, fiquei nessa de dou-não-dou, a Cláudia decidiu a parada: "Eu morro de fome". Lá se foi a apostila.

Na lanchonete, todo mundo pediu hambúrguer e refrigerante. O Samir cantou o garçom e veio com um enorme copo com gelo, arrancou da bolsa a garrafa de vodca, abriu e encheu o copo até a borda.

— Parabéns para mim, parabéns para mim...

A gente cantou, o Edu pegou o isqueiro da Clea e fingiu de vela. Ele apagou a "vela" umas duzentas vezes; cada vez que ia soprar, o Edu desligava. O copo de vodca foi rodando. Samir buscou gelo mais três vezes, o olho e a animação de todo mundo começaram a diminuir na mesma medida. Acho que minha cara pegava fogo, queeeente...

Samir e Roger tiraram a camiseta. Num acesso de coragem, também tirei a minha.

— Êêêêêê, viva o Gus! — E cantaram, só pra gozar: — O japa é bom camarada, o japa é bom camarada...

Mais vermelho e sem camiseta. Parece até que eu tinha teta ou algo assim pra esconder. Se os outros ficavam meio pelados, tudo bem. Comigo era piada.

Mas sossegou. O Edu continuou de camiseta, eu logo falei que "deu frio" e coloquei a minha de volta.

Depois a gente foi descansar perto do lago. O Roger falou que ia dormir, se jogou na grama. A Clea sentou perto e ficou alisando o cabelo dele. Aquela também quando está a fim... "A Clea não é mais virgem", não foi um papo de banheiro que eu ouvi? Besteira, ela só ficou alisando o cabelo do Roger. E ele, dormindo.

Sobrou a Claudinha, entre três homens. E parece que ela tinha entendido, três homens, meio de pileque, ela é bonita, é bonita mesmo, e legal. O Samir deitou de peito no chão, as mãos segurando o queixo. Eu e o Edu, superanimados, perto da Claudinha, babando com qualquer coisa que ela dissesse. Juro que nunca falei tanto, queria mostrar pra Cláudia como entendo de tudo, sou inteligente. Ela falava abobrinha, eu falava abobrinha, o Roger dormiu mesmo, o Samir só olhava a Clau e a gente; e, na volta, sei que o Edu e eu viemos na maior discussão sobre seres extraterrestres, quando eu estava mesmo era doido de vontade de saber do que a Clea, o Samir, o Roger e a Cláudia davam risada, no banco no fundão do ônibus.

17 DE SETEMBRO

ACORDEI MAL. Não fui pra escola.

Não sei se é resultado do pileque (pileque! Cheguei andando em cima dos quatro pés. Desculpe, essa é a piada favorita do professor Glauco...) ou se fiquei chateado, perdi a chance de me aproximar mais da Clau. Ou se foi a consciência culpada...

Olha aí, "querido diário" ou o escambau, o negócio é o seguinte: eu fiquei com um baita remorso de ter cabulado aula. De ter mentido. De ter enrolado a mãe, "cara tão vermelha..." e súper sem jeito quando *Obaasan* me chamou no quarto dela e enfiou quatro notas na mão pra comprar meu tênis novo, e eu meio bodeado e idiota-idiota-idiota.

Hoje eu não tô legal pra escrever. Pra ver ninguém. Eu quero é me enterrar debaixo da terra com as quatro mil minhocas e sumir.

18 DE SETEMBRO

SÁBADO, DAQUI UMA SEMANA, é o grande dia! A garagem da casa do Samir estava tão arrumada que o pai dele até brincou: "Se soubesse, tinha liberado antes a casa. Aí vocês faziam a reforma de que eu estou precisando".

Resolvi aparecer na casa do Samir hoje de tarde. Nem sei se o Roger ia também, mas, sei lá, tô tão acostumado a pintar lá toda semana. Eram umas cinco e pouco quando eu cheguei. A mãe dele me mandou entrar, que o Samir estava no telefone. Ouvi uns trechinhos:

— Falou. No dia do aniversário, hein? OK. Tudo bem, não esquenta. A gente conversa melhor na festa. Eu sei... Tchau, Clau.

O "Clau" nem sei se imaginação, verdade... O coração fez duzentos bilhões de batidas ao mesmo tempo. E se o Samir... Não, o Samir gosta de loira. Eu ouvi Clau? Foi tchau. Repetiu: "tchau, tchau". Ou foi "tchau, Clau"?

Ele chegou, bermuda e camiseta regata.

— Tudo OK, japa?

Japa, japa? Quem esse turco sem-vergonha chamava de japa? Mas só respondi tudo OK. Ele era tão alto, todo esportista naquela roupa, todo ricaço. Mas ele já tinha tudo! Não tinha lá a separada dele? Não tinha amigos, monte de amigos? Não tinha umas meninas da classe a fim dele? Por que ele também queria a Cláudia?

Foi uma merda a noite de hoje. Primeiro, porque eu estava tão encucado com aquilo que não conseguia puxar conversa. Depois, porque o Samir, fazendo mil e uma voltinhas, disse que tinha encontro com a coroa. Mais tarde e tal, mas não dava pra sair comigo. Me segurou lá até oito e pouco, até o cinema eu acabei perdendo, e me dispensou. E eu aqui, pai e mãe no programa imbecil de tevê, a gargalhada de débil do Pedro, e eu aqui. Não existe nada pior que ficar sábado à noite em casa com a família.

20 DE SETEMBRO

ELA CHEGA SOZINHA, para na porta. Linda. Um vestido verde, com um decote que dá pra ver certinho aquela cor de madeira lisa que só a Cláudia consegue ter. O cabelo tão liso, tão comprido, dividido de cada lado do rosto. Um pacote nas mãos. Sorri pra mim.

— Gustavo, eu trouxe um presente pra você, mas não repare, porque é coisa simples.

— Cláudia, você não precisava trazer nenhum presente, porque o maior presente do mundo já chegou na festa.

E a Cláudia vai rir, com aquelas covinhas lindas.

— Posso saber qual é?

Eu não vou falar nada, vou pegar na mão dela, beijar de leve os dedos da mão dela. Nessa hora vai estar tocando "Overkill", do Men at Work, e a luz negra girando devagarinho. Pegar na cintura da Cláudia, nós dois da mesma altura, e o rosto dela grudado no meu. Primeiro a gente vai dançar, ela vai ficar de olhos fechados, eu posso até sussurrar o trechinho "*I can't get to sleep / I think about the implications / Of diving in too deep...*", e aí até podia traduzir, apesar da Claudinha saber inglês melhor que eu, "Eu não consigo dormir, pensando nas implicações de mergulhar tão fundo...".

— Cláudia, preciso muito falar com você.

— Quanto mistério, Gus.

Ela ainda vai estar rindo, quem sabe até meio vermelha, de sem graça, porque eu não vou afastar meus olhos do rosto dela, enxergando dentro dos olhos negros e lindos dela.

— Cláudia, quando eu disse que o maior presente do mundo já estava aqui... — Respiro fundo, faço uma pausa, nós dois dançando, "*Perhaps it's just my imagination...*". — É você, Cláudia. Eu te amo. Eu te amo mais que tudo.

— Oh, Gustavo!

Ela vai querer falar, mas aí eu vou fechando os olhos e me aproximando, mais perto, mais, mais perto, até que os lábios da gente se juntem, e primeiro vou dar um beijo daqueles leves, igual eu vi no filme *Rocky, um lutador*, ele deu um beijo na moça, e ela estava meio assustada, depois o calor vem de dentro e de fora, a Cláudia vai abrir a boca, encosto a língua, ela também...

21 DE SETEMBRO

OU ENTÃO PODIA SER DIFERENTE. Vamos dizer que a gente já dançou, assim gostoso, mas eu não cheguei a falar nada. Então, quando a música der uma parada, vou perguntar se ela quer uma bebida, e nós dois vamos subir a escada da garagem até o quintal, de mãos dadas, devagar... ou correndo. Correndo pode ficar engraçado, mais surpreendente. Passo um copo pra ela, pego um pra mim.

— Quero fazer um brinde, Cláudia.

— Já sei. Viva o seu aniversário!

— Não. — E vou ficar bem sério. — Pra mim, este aniversário não tem a menor importância.

— O que é isso, Gustavo! E todos os seus amigos, os preparativos...

— Cláudia, eu gastei a mesada dos próximos meses. Eu vendi a jaqueta de couro, fiquei com as unhas até arrebentadas de tanto arrumar a garagem. E isso é pouco, eu faria qualquer sacrifício, eu me entregaria aos piores inimigos, eu enfrentava qualquer briga, não pela festa, mas por alguém que é mais importante que o mundo. Alguém que eu amo.

Nesta hora, ela talvez fique sem graça, eu me aproximo mais, falo rouco, voz baixa, olho no olho:

— Eu amo você, Cláudia. Queria que você ficasse comigo, quero que você seja minha namorada.

Talvez ela olhe de um lado e de outro, aí eu largo meu copo, ou jogo no chão, dane-se, e me aproximo, quem sabe alguma coisa mais... sei lá, mais desesperada, paixão: “Eu te amo, te amo... Ainda fico louco de tanto que eu penso em você”, e me abraço nela, o beijo já vem direto, quente, pegando fogo mesmo... O copo dela pode até cair também no chão, ou então meus óculos; é, os óculos, porque aí ela fica preocupada:

— Gustavo, seus óculos...

E eu:

— Que óculos, que mundo, que nada, nada. Não existe nada no mundo a não ser você, Cláudia.

E a gente se beija-beija-beija até se cansar e dança e uau. Ainda é terça-feira. Merda, ainda é só terça-feira e eu acho que fico doido até o sábado!

23 DE SETEMBRO

AGORA EU IA DORMIR E AÍ PENSEI: seu tonto, e se for diferente? Vim escrever aqui na sala e, bom, e se a Cláudia chega sem eu ver, e vamos dizer que vai dançar com alguém?

Então só tem um jeito: eu ser mais arrojado. Vamos dizer que ela está lá, dançando com alguém. A música é lenta, eles estão juntinhos. Eu chego e bato de leve no ombro do cara:

— Dá licença, o aniversariante sou eu e ainda não falei com a Cláudia. É um assunto importantíssimo!

Eles ficam espantados. A Cláudia:

— Nossa, Gustavo. Mas o que...

— É uma emergência. E eu só posso contar dançando com você.

Ela deve achar engraçado, até. E a gente começa a dançar, ela daquele jeito que fica quando está curiosa, e eu falo:

— É uma doença, Cláudia. Existe aqui nesse salão uma pessoa gravemente doente, que não consegue se alimentar direito, não consegue dormir, fica falando sozinho pela casa, pela escola... E só existe um remédio que cura essa doença. Porque, se esta pessoa não se salvar, ela pode fazer alguma loucura. Pode até morrer.

— Nossa, Gustavo. Mas quem é...

Aí eu fico sério:

— Não é exagero, Cláudia. Sou eu o doente...

Iiiih, que droga! Não é nada disso, quanta besteira. Primeiro, não tenho o menor jeito pra ser engraçado. Depois, e se o cara fala que não vai parar de dançar coisa nenhuma, vou ficar lá feito bobo? Ou dou um murro nele? Também não dá. E bom, vá lá, e se a gente começa a dançar, mas o cara fica sapeando? Besteira, eu lá vou falar na frente dos outros?

Não, que ideia cretina. Se ela estiver dançando, eu espero. Uma hora ela fica sozinha, uma hora vai pegar uma bebida. Ou então o que eu posso fazer é isto mesmo: "Hoje é meu aniversário. E meu presente é dançar com você". É, isso até que pode ser. Menos mal.

24 DE SETEMBRO

HOJE FUI RELER UMAS COISAS do "querido diário", fiquei aqui fingindo que estudava, não consigo fazer porcaria nenhuma nem prestar atenção na aula, nem bater papo, nada. Nada. Acho que nem viver estou vivendo, só fico nessa de esperar o sábado. Na classe, quando olho pra Claudinha, vem um negócio na barriga, mas também não consigo falar com ela, parece que qualquer conversa entre a gente só pode vir no sábado. E é amanhã. Na semana toda, eu me pegava contando as horas: "Faltam três horas pra ir dormir e acabou a terça-feira". Agora faltam duas pra acabar a sexta. É o medo.

Um medão de doido. Tudo tem de dar certo. Sabe assim coisa de azarado, de *gauche* como eu? A semana inteira eu fiquei nessa: até sábado você ainda pega um resfriado, sua besta. Olha que vai dar diarreia. Olha que vai nascer uma espinha daquelas feridentas na ponta do nariz. Ficava me olhando no espelho: cara de bobo, de todo dia. Mas nem espinha, nem resfriado. Nem dor de barriga. Tudo certo. Certo demais. Quer dizer, se nunca nada dá certo pra mim, será que pelo menos o aniversário? Ô, merda.

O Samir está a mil. O Roger, nem se fala: cortou cabelo, vem com roupa mais transada, disse que "ganhou" a parentada pra antecipar o aniversário dele, tá desfilando com cada pano legal... Eu também já comprei a roupa de amanhã. Não é o abóbora com roxo, de deixar mamãe doida, mas também não é nenhum terninho. Tipo meia-estação, mas bem modernoso. Camisão solto, amarelo-claro. Um jeans daqueles macios, que já vêm desbotados. A maior grana. A mãe estrilou quando entreguei a nota, mas era promessa, só ficou xingando que, se "era pra desbotar e pisar em cima, ela mesma fazia isso, não ia pagar pros outros estropiarem a roupa antes".

Caretice. Isso só pode ser caretice dela.

E hoje é sexta-feira. *Thank God, it's Friday*. Sábado, sábado. Dá pra dormir esta noite?

25 DE SETEMBRO

É HOJE. FRIO NA BARRIGA.
É hoje. Escovar os dentes.
É hoje. Não tomar café.
É hoje. Conferir a roupa.
É hoje. Ligar pro Samir.
É hoje. Ver tevê sem ver tevê.
É hoje. Não almoçar.
É hoje. Ligar pro Roger.
É hoje. Chegaram os salgadinhos e o bolo.
É-hoje-é-hoje-é-hoje-é-hoje-é-hoje-é-hoje.
Uau. Eu vou ficar maluco. Ainda são só duas e pouco da tarde e fico nesta: tomo banho agora ou daqui a pouco? Vou pro Samir? Ligo pra Cláudia? Falo com a vó? Brigo com o Pedro?
Diacho. É hoje. Dor de barriga? Alegria, medo, paúra?
É hoje.

25 PRA 26 DE SETEMBRO

OLHA, EU VOU CONTAR. Vou contar tudo, sim, tudo-tudo e não me importo se já é de manhã, se pai vem me encher, vou ficar aqui na sala e vou-vou contar. Não vou nem dizer como foi, não vou nem dar opinião. "Querido diário": vai ouvindo. Vai, vai.

— Eu sou o seu presente de aniversário! — gritaram três punks logo que eu abri a porta da garagem, e as três foram me beijando a testa com a boca de batom preto, e quem é que era uma delas? A Cláudia. Levei meio minuto até reconhecer a Cláudia debaixo dos óculos gatinho, cabelo arrepiado, minissaia de couro preta. E, quando eu reconheci, ela já estava lá longe.

Corri atrás dela, lógico.

— Que é que você disse, Clau?

Porque só aí eu entendi, "Sou o seu presente", meu Deus, será verdade? E ela virou, mais alta que eu, com botas de salto muito alto, e deu risada. A boca preta, eu só consegui olhar aquela horrível coisa preta que ela passou na boca, e a Cláudia riu mais, bem maluca, tirou os óculos gatinho e colocou na minha testa. Fiquei feito idiota: com meus óculos no rosto e outro na testa, devia parecer um gafanhoto. Ela não falou nada, mastigava chicletes com força, arrancou os óculos da minha testa, o som pauleira-pauleira, e foi berrar na orelha do Samir: "*Happy birthday*", e ele rodou com ela no colo, eu sou uma besta, hoje eu podia fazer isso e, não, de novo o Samir passa na minha frente.

Ia saindo da porta pra correr até eles, aparece a Ana Cecília:

— Gustavo, é de coração.

Dois beijinhos beeeeem de longe, me passa um idiota de um pacote todo brilhante, como ela também estava toda brilhante, vestido prateado, cabelo todo encrespado... Japonesa também, quando quer ficar com cara de boba, resolve fazer cacho no cabelo. E eu, maluco pra correr até a Cláudia, *ainda* abraçada no Samir, chegando e chegando gente, a maior briga pra arrebentar o papel de presente.

— Espero que sirva. — Ana ainda na risada tonta.

Servir, serve, mas que coisa feia! Dela, também, só se pode esperar presente idiota, uma camisa daquelas que saíram de moda tem uns anos. Eu ainda falando "Obrigado", mais um beijinho (ela me enfiou a cara no nariz, não deu pra escapar). "Cláudia, Cláudia", latejava meu coração, e agora eu já podia falar tchau, mas não, tinha mais uma japonesa pra eu beijar, a prima da Ana, mais emperiquitada ainda, e de novo os "Parabéns, felicidades", não teve presentinho, ainda bem.

Carreguei o presente embaixo do braço. A Clau, cadê a Clau? Vi que ela e a Márcia fizeram tchau pro Samir, subindo as escadas até o quintal. Larguei correndo o presente perto do som. Cláudia-Cláudia-Cláudia era o que o rock pauleira do AC/DC batia no ar, na parede, na minha orelha.

Lá em cima, ainda percebi as duas entrando no banheiro. Me plantei ali, dessa vez elas não escapavam.

Encostei no muro, respirei fundo. É hoje. A Cláudia, presente de aniversário, entre Virgem e Libra; hoje não, virgem não, e eu fiquei vermelho e quente, fechei os olhos — beijar, abraçar a Cláudia, precisava dar um jeito de dançar com ela. De punk, mas que ideia: de punk! E daí? De princesa, de fada, qualquer coisa, mas Cláudia!

A porta abriu, pulei na frente dela. A Márcia atrás, também punkete, ela é gorda e naquela míni... De novo, a Clau tentou me enfiar os óculos gatinho, não tinha outra brincadeira? Tava cansado de ficar de bobo, com quatro olhos além dos meus, mas ela punha e tirava os óculos da minha cara e falava gritando:

— Superfesta, Gus! Quem já apareceu?

Quem já apareceu? Todo mundo, sei lá, meio mundo. ELA-ELA-ELA já estava lá, queria mais alguém? E falei qualquer bobagem, a Márcia me pegou pelo braço:

— O que é que a gente bebe?

É mesmo, eu sou uma besta, nem ofereci nada. Não deixo de ser meio anfitrião: se a casa é do Samir, parte da grana é minha.

Fui caçar um chope no fundo do quintal. O chope demorava à beça, fiquei lá, acabei dando uma força pro Carlão, que brigava pra arrumar a serpentina. Quando voltei para perto do banheiro com três copos de plástico na mão, cadê as duas? Tchau. Fiquei feito bobo, a maior luta pra segurar três copos. Deixei dois no muro, bebi um de uma vez, com os outros dois fui voltando para a garagem.

Uma guerra, gente pra diabo: escada, garagem, quintal. Todo mundo ajeitado, feliz, parece que a classe inteira ficou no maior fogo, umas meninas que eu sempre vi assim caladinhas, igual a Vera, de repente de calça agarrada, miniblusa. O Válter e a Lia no maior dos beijos bem no meio da escada. É verdade que eles namoram, mas justo ali? Não dava nem pra pedir licença, quase tropecei nos dois, mas conseguimos passar, eu e meus dois copos de chope.

Porta da garagem. Fiquei dando uma geral lá de cima, luz negra, som do Guns N' Roses, e vi: a Clau maior pauleira dançando com o Samir. Bebi o segundo copo, fui bebendo enquanto descia e dava um tempo.

— Você não vai dançar? — berrou a Alice na minha orelha. Toda pintada, olho com um baita negócio verde-água.

Com a Alice, nunca. Chata, cê-dê-efe, baixinha. Beeeeem mais baixinha que eu. E ainda usa aparelho nos dentes. Eu me agarrei no copo:

— Agora eu tô bebendo.

E fui-fui-fui. Encostei numa mesa perto, bem perto de onde a Cláudia dançava, só existia ela, ali. Maluquice, ela dançava legal à beça, levantava os joelhos láááá em cima, depois o cabelo punk se chacoalhando, meia azul metálico e as coxas aparecendo na minissaia. E sem sutiã. Dava pra ver que estava sem sutiã, porque balançava, e a camiseta de furo, um furo logo ali debaixo do braço, se ela se mexesse mais, quem sabe um seio escapava por ali... Chacoalhei a cabeça, eu devia estar ficando de fogo, o chope esquentaaaaaaaando na minha mão.

Trégua. A música parou, Edu correu pro som, cheguei com o copo. Samir todo suado, a camisa aberta no peito, a Cláudia colocou a mão no peito dele, ele pegou a mão dela e beijou, aí eu cheguei e enfiei o copo justo nessa mão da Cláudia. Ela pegou o chope, falou:

— Legal, não é, Gustavo? A festa tá incrível.

Respondi "Incrível, incrível". Era a milionésima vez que eu falava que estava incrível, eu estava nervoso pra diabo, louco-louco demais e precisava falar com a Claudinha. Ela deu um gole só no chope, passou o copo pro Samir, e aquela besta me vira o copo inteiro! Tamanho trabalho pra levar o copo até a garagem e justo o Samir vira o copo.

Demorava pro Edu arrumar o som. Cláudia e Márcia encostaram numa mesinha de canto. Eu e o Samir junto com elas. A Cláudia resolveu sentar em cima da mesa, subiu numa cadeira e depois na mesa. Na hora de se agachar, abriu mais as pernas, eu e o Samir de frente pra ela, deu pra ver a calcinha, meu coração ficou doido, vi que o Samir também estava olhando e, sei lá, senti que ficou superquente a minha cara, eu devo ter ficado todo vermelho, mas parece que a Claudinha não estava nem aí que eu e o Samir pudéssemos enxergar debaixo da saia dela.

— Vamos pegar um chope, Clau? — Márcia segurou na mão da Claudinha e puxou pro chão, as duas saíram correndo.

Eu era um idiota, EU devia ter falado e feito isso antes. Fiquei olhando as duas, fui vendo a bunda da Clau, certinha, dividida no meio, duas maçãs grandes e negras, carnudas. Mas que ideia, onde eu fui achar isso? Carnuuuuuudas, CARNUDAS; a palavra na minha cabeça, como se eu estivesse lendo *O cortiço* e aparecesse uma palavra que eu não conhecesse, carnuda.

Samir sumiu também, sei lá. Só o Edu e o Pepenella dando duro pra ajeitar o som. Fui até o quintal, onde ficava o chope, que continuava uma praga pra sair. Apontei o uísque, lá perto.

— Não sou chegada — disse Clau.

Aí eu, pra provar minha valentia (ou bobeira?), não virei meio copo, sem gelo nem nada? Tossi. E a Márcia, numa risadinha:

— Não falei?

Eu, louco da vida:

— Falou nada. Eu engasguei.

E aí chegou o Adal. Veio de punk, também, e deu a maior risada vendo a Clau daquele jeito e deu um berro: CLÁÁÁÁÁÁÁÁÁUDIA e se agarrou nela, a Claudinha até tirou os pés do chão, as coxas todas de fora, a míni escondendo só as carnudas da bunda dela, mas que merda, esse cara quase ferrou o nosso trabalho em grupo, ela não tava louca da vida com ele? E o abraço dos dois durou assim uns vinte segundos, o

Adal depois foi pra Márcia e deu um abraço igual nela e eu lá arrotando pela terceira vez o maldito uísque.

O Adal nem reparou em mim, cretino. Me deu as costas na maior e me separou das duas. Vi que o chope tinha saído, agarrei depressa um copo, pedi licença pro Adal e estendi o copo pra Cláudia.

E a tonta não me passa o copo adiante, pra todo mundo? Começou uma música. Legal, pensei, arrumaram o som. Virei decidido mesmo pra ela:

— Agora a gente vai dançar, Cláudia.

Ela me apontou o cigarro, baforou pra cima:

— Não dá, tô fumando.

Odeio cheiro de cigarro, e a fumaça fazia uma voltinha e vinha direto pro meu nariz. O negócio era esperar ela terminar, peguei um chope e fiquei bebendo. E aí, oh!, e aí sei lá quem botou Led Zeppelin pra tocar.

— "Stairway to heaven" — gritou o Adal. — Amo essa música!

— Eu também! — berrou Clau.

E os dois falaram juntos:

— Vamos dançar?

Ainda tentei cortar a deles, "Clau, você disse...", mas ela largou o cigarro aceso na minha mão — "Segura, Gus" — e desceu as escadas correndo, mão grudada na do Adal.

Que é que eu podia fazer com um cigarro aceso? Não responde. Não responde, porque foi ISSO MESMO que eu fiz. Que safado o Adal, e nem me olhou na cara, um cretino, e saiu assim na maior, com a Cláudia, pra dançar... A Márcia se pendurando toda no pescoço do Samir, esse também acabou ficando com o osso. Assoprei a brasa do cigarro, fiquei virando o cigarro entre os dedos, a mancha do batom preto da boca da Claudinha no filtro. Sei lá o que deu na minha cabeça, encostei minha boca em cima do preto. Cláudia... O gosto do batom, da boca da Claudinha, mas era só fumaça e aquele cheiro horroroso de fumo. Atirei a bituca no chão, esmaguei com o sapato.

Peguei mais um chope, saí de perto do Samir, na maior briga pra escapar da Márcia. Fui andando. O "Stairway to heaven" todo choroso. Era *essa* a nossa música — quer dizer, seria... e ficou praquele lá.

Virei a cara de um lado, o Marco polonês de num canto, e, olha, eu sempre achei aquele cara um bobo, e ele dando o maior amasso numa loirinha, mas um amasso... Virei a cara do outro lado, e não é que o João dava beijo na Bete? Até o aluno novo se arrumou, e a Bete é bonitinha.

Fui andando pelo quintal com o copo de chope, sei que no fundo havia mais uns casaizinhos, pelo visto metade da classe vai estar de namoro na segunda-feira, e eu fiquei lá, meio do caminho, sem saber se ia ou voltava, porque só eu SOZINHO-SOZINHO e a festa era MINHA, bosta! Virei o copo de chope: deixa de bobeira, Gustavo, você vem com essa besteira de querer chorar, merda, vai lá na garagem agora e arranca a Cláudia daquele cretino do Adal e fala com ela e abraça ela e é isso, é isso.

Chegou na parte mais agitada de "Stairway to heaven". A Cláudia e o Adal, eu vi, foram os *últimos* a dançar separados, a se soltar, a maior risada de um pro outro, o rock *tum-tum*, meus ouvidos estourando, e eu só conseguia ficar de olho nela, na Cláudia, meu amor, a bunda girando, a saia escondendo quase nada.

Graças a Deus, acabou a música. Ela desabou numa cadeira.

— Quero dançar com você, Cláudia.

Falei assim, uma ordem mesmo. Ela estava se abanando com uma bandeja vazia, levantou a cara pra mim, fôlego todo difícil, pernas bem esticadas, rosto suado:

— Agora estou cansada demais, Gus.

A Débora passou, mãos dadas com o Edu, "Um barato a sua festa", ela gritou na minha orelha, vi a cara dela assim beeeem perto, de repente os dentes dela me pareceram maiores, enormes, dentes de lobo mau. Eu devia estar bêbado: lobo mau, carnudas...

— Você vai dançar comigo, Clau. Eu sou o aniversariante, Clau.

Ela olhou de novo pra mim, passou a língua pela boca. Língua é um troço feio à beça, mas até a língua da Cláudia é bonita, tudo é bonito na Claudinha.

— Tá legal. — E levantou decidida.

Uau.

Tocava "Missing you" e minha mão começou a suar, até a música ajudava, Diana Ross com aquela voz sexy, e teve mais um monte de casal que correu pra dançar nessa hora. É hoje.

Não era osso, não era gordurinha a mais, a cintura da Cláudia era certinha, era gostosa, e eu podia ficar ali, morno, as veias todas se derretendo e desfazendo em pedacinhos, estava com a cabeça e com a cara girando. Ela falou:

— Sua festa está legal, Gus. Só não vi direito foi o Roger...

Dane-se o Roger, quem é que quer saber dele?

A mil, a mais de mil, segurei nela e era perfume, era cheiro, e o cabelo punk dela, a boca menos preta. Ganhei coragem:

— Cláudia, que foi aquilo que você disse, de ser meu presente de aniversário?

E ela:

— Vai me cobrar presente, pão-duro?

Pão-duro? Pão-duro? Boto minha jaqueta de couro, mesada, esfolo os dedos pra arrumar a garagem e ela me chama de pão-duro? Mas apertei os dentes, nunca que ia brigar com a Clau, eu DANÇAVA com ela e ela respirava forte na minha nuca, sussurrou um trecho da música, eu via a Bete dançando de olhos fechados com o João, será que a Claudinha também estava de olhos fechados?

— Cláudia, aquilo de você... — gaguejei. — De você ser o presente...

Ela deu a maior gargalhada, rosto bem pra trás, tão-tão-tão perto de mim, até uma sujeirinha no dente dela eu enxergava, ela passou a língua na boca, falou:

— E eu não sou?

E encostou o rosto no meu cabelo, eu queria morrer, era com ELA que eu dançava, ficou assim um zumbido na minha orelha, e sentia que eram as coxas dela, tão perto, encostei mais o corpo e era calor, meu rosto pegou fogo, comecei a sentir assim que eu ficava... mais excitado, né, que vergonha, e se a Clau percebesse? Porque eu queria namorar com ela, Cláudia, meu amor, mas a ideia de que só pano, pano fininho, separava a gente, e fiquei com o corpo todo duro, até me afastei um pouco, eu te amo, te amo, pensei e fui vendo tudo girar, ligaram a luz negra, e ia vendo pedaços das coisas: cabelo da Clau, os olhos fechados da Bete, o beijo que o Marco dava numa garota, a Cíntia dançando com o Jorge, a gente girando, a luz girando. No canto das mesas, vi recortados pela luz negra a Clea e o Roger naqueeeeeeele beijo, ver meu amigo numas dessas me deixou assim calmo e decidido, era agora, não tinha mais vergonha, eu te amo, Cláudia, eu quero você.

— Cláudia, preciso falar com você.

Ela me olhou na cara, meu Deus. Tão pertinho. E a música mudou, mudou de repente, maior rock pauleira, assim sem avisar nem nada, a Cláudia deu um gritinho e soltou minha mão, parece que foi o inferno, ficou maluca, rebolava o corpo, mais e mais gente foi dançar solto, e logo ali, do meu lado, não é que o Adal aparece e quase me empurra e fica perto da Claudinha, dançando a mil, cretino. E EU? Tentei dançar, claro, mas me sentindo mal, lá sei dançar essas merdas, parecia que uma perna ia pra um lado e a outra não combinava, e quando achei que a Débora estava rindo DE MIM, ah, não, não dava pra dançar aquilo. Cheguei bem na orelha da Claudinha:

— Vamos beber um chope?

Berrei três vezes, até que ela fez um sinal com a mão e eu fui depressinha pra mesa de comes e bebes, mas cadê a Cláudia? Acho que ela não entendeu o que eu disse, continuava dançando com o Adal, o safado sabia que era dança solta e ainda assim pegava no braço dela. Voltar lá não dava, então eu peguei um chope, bebi um, bebi três. Tempo que pareceu a noite inteira, até a Cláudia resolver parar. Ela caiu numa cadeira mais longe, o rosto meio vermelho, o cabelo grudado na testa. O Adal sumiu, graças a Deus. Sentei perto dela.

Logo atrás da gente, o Roger e Clea se beijando, nem aí com o mundo. Eu vi os dois e virei a cara, mas a Claudinha, muito à vontade:

— Parece que grudaram, hein?

Eu, de risada amarela, mas a Cláudia cutucando a Clea, pedindo um cigarro, Clea rindo toda carinhosa pro Roger, daquele, exatamente DAQUELE jeito que eu queira que a Cláudia fizesse comigo, e pegou um cigarro do bolso dele, passou pra Cláudia. Os dois continuaram abraçados, falando baixinho um com o outro... Namoro? Faz tempo que a Clea anda dando umas dicas, vai saber... Olhei pra Cláudia, ela superdistraída fumando e comendo um salgadinho.

E voltou o Adal, junto com a Márcia, o Carlão e o Beto.

— Vamos pra farra, Clau? Sair pela vizinhança, fazer zorra com os babacas? — O olho dele meio parado, além de cretino, fumeiro, se eu pudesse, esganava ele. — Vamos, Roger? Uma zoninha com os vizinhos? Sair da babaquice, meu.

Babaquice? Como, babaquice? Era o MEU aniversário, e eu vi a Cláudia falar "Legal", como é que ela podia falar que o MEU aniversário era babaca? Vi a Clea beijar de novo o Roger, eles darem risada, e ia o Carlão, ia o Beto, a Márcia pondo fogo pra todo mundo ir também, e eu ainda com o copo de chope na mão, o gole ficou amargo, amargo, não falei nada, mas se a Cláudia ia eu também ia. A luz negra girando, minha cabeça girando...

Até a saída. Quando levantei a porta da garagem, maior choque, vento frio lá de fora e lá dentro tão quente... O Adal saiu correndo na frente, botando fogo pro pessoal correr também. Eu nem tentei, de repente uma zoeira nos ouvidos, a barriga fez barulho.

Alcancei o pessoal duas esquinas abaixo. O maior buchicho, porque o Adal queria arrancar a placa de PROIBIDO ESTACIONAR do poste pra colocar no quarto dele.

Até pensei em falar que ficava mal, era perigoso, mas a Claudinha batia palmas, "Um barato". O Roger e a Clea queriam mesmo era se beijar, qualquer coisa estava bom. O Beto e o Carlão se ajeitaram pra fazer cadeirinha pro Adal. Eu nem me ofereci pra ajudar, de novo um arroto, a barriga dava uma tremida, cuspi disfarçado na rua, e nos ouvidos as coisas começaram a ficar longe, a risadinha fina da Márcia, o Adal falando palavrão, porque era difícil soltar a placa.

Aí uma janela abriu, uma voz de homem:

— Molecada, vou chamar a polícia!

— Corre, gente! Pintou sujeira!

E eles subiram a rua correndo. Eu também fui, subi uns passos, mas as pernas desandaram a tremer, uma a atropelar a outra; se não me agarrasse na parede, caía na calçada, e aí foi.

Vomitei. Não deu nem pra perceber quando ou como: voou da garganta uma vomitada forte, que droga, merda, vergonha, tentei fechar a boca, não dava, foi um jato, dois, via as costas do pessoal, lá longe, a voz da Claudinha: "Olha o Gustavo", e uma risada, RISADA de mim, sei lá se agora eu chorava ou vomitava, e veio, de novo, outro jato e acho que dos olhos também, esguichou assim um montalhão de lágrima, os óculos segurando elas, até que os óculos caíram também enquanto eu vomitava de novo.

Não consegui olhar pra cara da Claudinha. Do Adal. Do Beto, o imbecil do Beto nem disfarçava, ele RIA de mim. O Roger veio ajudar, me colocou sentado no chão, fez eu abaixar a cabeça, limpou meus óculos, devolveu. Eu apertava os óculos meio sujos e abaixava a cabeça, mordia a boca porque chorar, não, a vergonha já era tanta-tanta, imagine se eu chorasse!

O Roger tinha vindo com o carro do pai dele e foi buscar. O Carlão, a Márcia e o Beto se mandaram, só a Claudinha, o Adal e a Clea, ali perto de mim, esperando o carro do Roger. Eu sentia frio, muito frio no pescoço, e mais frio ainda, sentado na calçada, cabeça baixa. Não erguia o rosto, mas sentia que o Adal abraçava a Cláudia. Ela falou ainda alguma coisa, tipo "Isso passa, Gus. Tudo bem", tudo bem, bosta, queria chorar até arrancar os meus olhos, isso, sim. Veio o carro, o Roger ajudou a me levantar e me colocou no banco de trás. A Clea entrou junto com ele, os dois agarradinhos no banco da frente.

— Tudo bem, Gustavo? — perguntou a Clea, eu olhava pra trás, pelo vidro, via a Cláudia e o Adal, os dois sozinhos na rua, meu olho se encheu de lágrima, queria morrer.

— Tô melhor.

E ia olhando, olhando, enquanto o carro ia embora, e a Cláudia e o Adal subiam a rua, abraçados, só os dois, só os dois.

E foi isso.

Eu já cheguei chorando em casa, fui direto pro banheiro, graças a Deus todo mundo dormia, bebi duzentos litros de água, tomei sal de fruta, queria ter um veneno, formicida, pra misturar na água, o vazio-vazio-vazio. Aí eu falei não, não posso dormir, e vim pra sala e tenho de escrever, botar tudo isso no papel, pra não me matar mesmo, pra não chorar demais ou acordar o Pedro, e essa foi a pior noite, a pior-pior-pior noite de toda a minha vida.

Hoje eu faço 16 anos. Um brinde, que merda, à pior noite de toda a minha vida.

26 DE SETEMBRO

SEI QUE É TARDE-TARDE, já deve ser mais de meio-dia. Quando abri os olhos, vi o teto, a cama desarrumada do Pedro, minha roupa largada na cadeira, pensei comigo: “Será que ainda tô vivo?”.

Depois, fui ouvindo o barulho no quintal, a risada do Pedro, da tia Adelaide... Era verdade, bosta, ontem foi a maldita festa e eu ainda estou vivo.

Estou louco pra fazer xixi, mas não tenho a menor vontade de sair do quarto, encontrar parente. Catei o diário e estou aqui, criando coragem. Coragem? Pois é.

Achei um pacote perto da cama. Veio pelo correio, cheio de selo, só podia ser do tio Kenji. Abri. Era aquilo que eu queria (só que há três anos): uma coruja empalhada que o tio tem na casa dele e eu achava linda. Asas abertas, língua de plástico, olho vermelho de vidro.

Merda-merda-merda. Sabe, não consigo pensar direito, sei que de ontem ficou uma única sensação: vazio. Agora eu nem consigo chorar, nem ficar bravo, nem triste, é só o vazio mesmo, como se tivessem me arrancado tudo por dentro e colocassem palha, igualzinho fizeram com a coruja. Daqui a pouco vou descer, enfrentar a parentada toda, fingir que estou contente, que sou um jovem e feliz aniversariante...

Mãe tá batendo na porta. Lá vai o presidiário pra cadeira elétrica!

Olha, quando a mãe me chamou e eu desci, naquela de enfrentar a morte, eu... Bom, quem é que estava lá embaixo?

Samir, Roger e Clea. Sentados na sala. Deram o maior abraço em mim, disfarçando porque mamãe estava perto, e ela convidou eles pra ficarem que meu pai ia fazer um churrasco e eles acharam OK, e depois o Samir disse que tinha ficado preocupado comigo, a Clea disse que ontem nem deu pra me dar o presente, e me passou um CD superlegal, e o Roger brincou: "Ainda bem que você não sujou a garagem, né?". Eu ainda encabulado, mas depois caí na risada com eles, e o pessoal ficou até de noite aqui em casa, mamãe tratou todo mundo superbem, o Samir ainda me pegou num canto:

— Você ficou mal, não foi?

Um bolo me subiu na garganta, pra chorar. Eu bebia guaraná, empurrei o bolo garganta abaixo com a bebida, só mexi com a cabeça.

— Eu também. Só que porre tomei mais tarde. A Claudinha, né?

De novo, só engoli guaraná e mexi com a cabeça.

— Não esquenta, Gus. Ela é muito fresquinha. Nada a ver. A gente parte pra outra, Gus. — Aí ele riu. — E sabe do que mais? A coroa me deu o fora. Vi a sacana saindo com o vizinho da rua de cima.

E eu ri-ri-ri, não tinha graça nenhuma, mas caí na risada, o Samir também, porque no fundo a festa foi uma merda, mas não só pra mim, e era legal saber que tinha amigos. Olhei pro Samir, pra Clea e pro Roger de mãos dadas, e mamãe parece até que me tratou diferente. Amigos, amigos mesmo, nada de *gaijin* ou não, era uma coisa, sei lá, de crescer.

É, eu tenho 16 anos. E hoje é meu aniversário. Crescer é tão importante. Só que é muito perigoso.

Os sonhos de Marcia Kupstas

Nas páginas a seguir, você encontra informações sobre a autora, além de uma entrevista especial.

VIDA FEITA DE HISTÓRIAS

"O que você quer ser quando crescer?"

Toda criança, de hoje ou de ontem, já ouviu essa pergunta um milhão de vezes. Marcia Kupstas sempre soube a resposta. "Meu pai contava que, aos 5 anos de idade, quando eu ainda não sabia ler ou escrever, sentava no colo dele e ditava histórias. E ai dele se depois lesse alguma coisa diferente do que eu havia dito."

A memória da infância revela a vocação da autora que, hoje, integra o time de grandes nomes da literatura infantojuvenil brasileira. Mas o sucesso não veio sem esforço. Quando ainda cursava Letras na Universidade de São Paulo, buscou oportunidades para mostrar seu talento, chegando a publicar contos em diversas revistas. Percebeu que a carreira era mais do que imaginava. "Foi deslumbrante descobrir que o que eu faria de graça pudesse virar profissão."

Essa empolgação a motivou a escrever seu primeiro livro, *Crescer é perigoso*, estruturado em forma de diário de adolescente. O sucesso de público foi tremendo, e logo veio o reconhecimento da crítica: em 1988, levou o prêmio Revelação Mercedes-Benz de Literatura Juvenil.

A partir desse dia, recebeu convites de diversas editoras para transformar outros sonhos em livros. Desde então, publicou mais de cem obras e ganhou diversos prêmios, um currículo que faria brilhar os olhos da pequenina Marcia, que tanto sonhou um dia fazer parte do mundo das histórias.

SOL, PRAIA E MUITAS LETRAS

Nascida em 1957, Marcia descobriu o gosto pela leitura na infância, incentivada pela mãe, Elisabeth. Nessa época, conheceu a obra de diversos autores, dentre eles Monteiro Lobato, cuja coleção de obras infantis guarda até hoje.

Na faculdade, Marcia participou do grêmio acadêmico e publicou em jornais alternativos. Logo voltou à sala de aula, dessa vez como professora de redação. Aproveitou a oportunidade para disseminar seu amor pela leitura.

Marcia
aos 4 anos.

Aos 14 anos, na cerimônia de formatura do ginásio (que corresponde atualmente ao ensino fundamental 2).

"Acho que o bom de lecionar é isso, dividir a sua paixão pelas histórias para despertá-la nos outros", comenta.

Nessa época, mostrava seus escritos para todo mundo que pudesse lhe dar sugestões e oportunidades. Dentre essas pessoas estava o jornalista José Edward Janczukowicz, com quem se casou e teve dois filhos, Igor e Carla.

Foi ainda como professora que Marcia teve a ideia para sua primeira novela juvenil. Observando seus estudantes, criou a história do tímido Gustavo, o descendente de japoneses que começa um diário para contar suas frustrações, seus amores... A narrativa intimista e franca de *Crescer é perigoso* conquistou o público adolescente, que se identificou com a obra: "Muitas das dúvidas do protagonista certamente fazem eco no coração de milhares de leitores", afirma a autora.

Apaixonada pelos jovens e pela profissão, Marcia não parou mais de escrever, e os diversos títulos que publicou depois seguiram o mesmo caminho bem-sucedido do primeiro — o livro *Eles não são anjos como eu* ganhou o segundo lugar do prêmio Jabuti em 2005.

Ainda realizou outro sonho de sua infância: morar na praia. Hoje ela vive com o segundo marido, Paulo, em Ubatuba, cidade do litoral norte do estado de São Paulo.

Atualmente, Marcia aproveita os dias quentes e tranquilos para curtir a praia e ler. Também trabalha bastante: escreve e revisa seus livros, e ministra palestras e oficinas em feiras de livros pelo Brasil.

Agora que você conhece um pouco mais sobre a vida e a obra de Marcia Kupstas, confira nas próximas páginas uma entrevista especial sobre *Crescer é perigoso*.

MARCIA FALA SOBRE *CRESCER É PERIGOSO*

Este é o primeiro livro que você publicou. Como foi a repercussão na época?

Crescer é perigoso foi um divisor de águas na minha vida, e não só na minha carreira. Estava com 28 anos quando ele saiu e o encarei como um momento de maturidade, de intensa reelaboração de linguagem e pesquisa de personagem. Foi um sucesso surpreendente, até porque era muito diferente dos livros campeões de venda para jovens na época. A maioria dos sucessos mostrava uma turma adolescente vivenciando aventuras fantasiosas, mirabolantes. *Crescer é perigoso* era intimista, sem final feliz, com um protagonista que nada tinha de heroico: era solitário e escrevia até palavrões num diário. O livro era realista e despojado, e talvez por isso tenha impressionado tanto.

O que a levou a querer escrever para jovens?

Inicialmente, não planejei escrever "para jovens", pretendia publicar histórias gerais, que falassem a qualquer público. Depois percebi que havia essa distinção no mercado e que o livro "para jovens" dificilmente circulava nas livrarias que vendiam livros adultos. Teria, então, de optar em ser uma autora "séria" ou fazer literatura juvenil. Nunca achei "mais fácil" escrever para jovens. Meus temas são densos, polêmicos. O que às vezes acontece no livro juvenil é a busca de uma linguagem mais acessível ou um desfecho otimista, até por conta da responsabilidade de formar opinião. Escolhi escrever para jovens e não me arrependi. O público adolescente é generoso, escreve cartas, faz visita em feiras de livros, comenta o enredo, cria fã-clube dos personagens... Isso é gratificante. Sou uma escritora realizada sob esse aspecto.

Sua estreia trouxe uma narrativa juvenil diferente do que se via na época. Por que optou por um diário escrito por um garoto?

Não me agrada a ideia de literatura como *alter ego*, que apresenta personagens tão parecidos com o autor que quase vira um "faz de conta" biográfico. Acho que literatura é ficção, é invenção... Por que não inventar alguém bem diferente de mim? Nunca fui homem, adolescente, descendente de japoneses. Era um grande desafio revelar todo esse universo diferente e convencer o leitor de que Gustavo lhe abria a alma com absoluta franqueza e realidade. Funcionou. Cheguei até a receber cartas de leitores que "mandavam beijo" para Gustavo, como se ele fosse meu vizinho e morasse a uma quadra de casa.

E por que escolheu que esse garoto fosse descendente de japoneses?

Inicialmente também Gustavo não era japonês, era só um adolescente ansioso. Acontece que na época eu era professora de redação em um colégio onde aproximadamente 60% dos alunos eram "orientais". Na minha convivência com eles, percebi o quanto havia de preconceito em rotulá-los como CDFs sem emoções, máquinas de passar em vestibular. Não via isso! Muitos podiam ser tímidos, mas ansiavam por ter uma namorada, sair com amigos, fazer bagunça...

"Nunca achei 'mais fácil' escrever para jovens. Meus temas são densos, polêmicos"

Gustavo se sente excluído da turma da classe porque é baixinho, usa óculos, não faz sucesso com as meninas, ou por ser "japa". Acha que esse sentimento é exclusivo dele?

Não é exclusivo e quero dar um exemplo. Em 1988, a apresentadora de TV Angélica fazia 15 anos e a mídia comemorou bastante. Numa entrevista, ela citou *Crescer é perigoso* como seu livro de cabeceira. Isso não parece estranho? Uma jovem loira, linda, extrovertida, admirada por milhares de pessoas se identificar com meu adolescente tímido, feio e baixinho? Por quê? Porque acredito que todo jovem, em algum momento da adolescência, se sente excluído e diferente. São muitos os desafios de "primeiras vezes" e tudo é novo, assustador. Gustavo pode acentuar alguns desses desconfortos da adolescência, mas em escala maior ou menor todo adolescente é Gustavo, no seu processo de autodescoberta e amadurecimento.

A relação de Gustavo com a avó é muito curiosa: apesar de frequentemente rejeitar o que ela representa (sua ascendência japonesa), ele sofre muito quando percebe que pode perdê-la. Como vê a relação entre os dois?

A *Obaasan* de Gustavo tem muito da minha própria avó, Efrosina Telpizov (ou dona Rosa, como foi carinhosamente batizada pelos brasileiros). Uma pessoa incrível, que vivenciou a Primeira Guerra Mundial, saiu da Rússia com o marido e filhos pequenos, chegou ao Brasil em 1926, perdeu um filho bebê no Rio Grande do Sul, depois se estabeleceu como comerciante em São Paulo. Foi minha confidente e grande contadora de histórias. Eu a adorava e admirava pela força de vontade e otimismo, mas também me recusava a ser uma fiel herdeira de tradições... Não quis estudar russo e me apavorava com o padre barbudo da Igreja Ortodoxa quando ela me levava nas missas. Entre Gustavo e sua avó, retratei a mesma relação de admiração pela pessoa e recusa do papel de mero continuador de tradições. Eu queria — e desejava que Gustavo também quisesse — achar o próprio equilíbrio.

Gustavo tem dificuldade em expressar sua sexualidade. Acha que ele ainda precisa amadurecer, se liberar, quanto a isso?

Gustavo, seja pela herança cultural ou por característica de temperamento, é uma pessoa mais contida e tensa em expressar sentimentos do que a maioria. Mas ele está tentando furar seus bloqueios. O primeiro passo para a transformação é o reconhecimento. Ao confidenciar no diário seus receios e inseguranças, ele cresce. Tenho certeza de que o adulto Gustavo será uma pessoa plena, que venceu muitos dos problemas que o incomodavam na juventude.

"Acredito que todo jovem, em algum momento da adolescência, se sente excluído e diferente"

Claudinha não parece dar a mínima para Gustavo, e ainda assim ele insiste em procurá-la. Acha que todo adolescente vive um amor não correspondido?

Ah, a paixão adolescente! Quem não tem um amor não correspondido? Quem não fez imensas bobagens pela pessoa amada? Faz parte do processo de crescimento curtir essas paixões intensas e voláteis. Com o tempo, a gente vai discernindo os sentimentos. Podemos diferenciar a atração sexual do amor, perceber quando alguém também revela interesse, investir em relacionamentos com chance de darem certo... Mas, no começo, é tudo muito intenso, explosivo e sofrido, sem dúvida. Crescer é perigoso, você não sabia?

A história de racismo que ele narra em 9 de agosto é uma situação triste, porém muito real. Como você vê a ação dos dois rapazes contra João? E a reação deste?

Adoro a reação de João; aliás, apoio sempre quando as pessoas discriminadas dão a volta por cima e rebatem o racismo ranzinza, rançoso, humilhante com atitudes bem-humoradas e criativas.

Como foi revisitar esta obra quase trinta anos depois?

Foi um prazer! Gustavo é um personagem muito querido, com tanta ansiedade, espanto e desejo de acertar. Muita gente se identificou com ele nesses trinta anos e acredito que continuará se identificando, porque todo adolescente, em um momento ou outro, será um Gustavo: terá medo da solidão, irá em busca da amizade verdadeira, desejará encontrar a pessoa ideal mas acreditará que é *gauche* na vida, que não merece ser feliz. E isso passa. A gente se acerta, aprende a se compreender melhor. Entende que "crescer é tão importante. Só que é muito perigoso", como conclui Gustavo em seu diário.

DESTAQUES DA OBRA DA AUTORA

Crescer é perigoso, 1986
É preciso lutar!, 1987
A maldição do silêncio, 1987
O primeiro beijo, 1987
Eu te gosto, você me gosta, 1988
Sapo de estimação, 1988
Histórias da turma, 1989
Revolução em mim, 1990
Um amigo no escuro, 1994
Um dia do outro mundo, 1995
O primeiro dia de inverno, 1998
Clube do beijo, 2000
9 cois@s e-mail que eu odeio em você, 2001
Aventuras de garoto, 2001
O fantasma do shopping Ópera, 2001
Meu negro amor, 2001
O misterioso baú do vovô, 2001
Difícil decisão, 2002
Histórias dos tempos de escola — Memória e aprendizado (vários autores), 2002
Um olhar diferente, 2002
Pátria estranha (vários autores), 2002
Robinson Crusoé (adaptação), 2002
Os três mosqueteiros (adaptação), 2002
O filho da bruxa, 2003
Eles não são anjos como eu, 2004
Micos e outros bichos — Pais em ação! (com Igor Kupstas), 2004
Bichos incríveis (com Flávia Muniz), 2005
Três amores, 2005
Coragem não tem cor, 2006
Sherlock Holmes — Casos extraordinários (adaptação), 2006
Guerreiros da vida, 2007
A pedra mágica do tempo, 2007
Três animais, 2007
Um ano de histórias, 2008
O esconderijo secreto das coisas misteriosas, 2008
Histórias de terra, 2008
Machado de Assis: contos e recontos (vários autores), 2008
Tem que ser hoje!, 2008
Três amizades, 2008
ABZ do amor, 2009
A gente matou o cachorro?, 2010
Profissão: jovem, 2010
Três viagens, 2011
Evocação, 2012

Esta obra foi composta nas fontes
Quadraat e Base Twelve, sobre papel
Pólen Bold 90 g/m², para a Editora Ática.